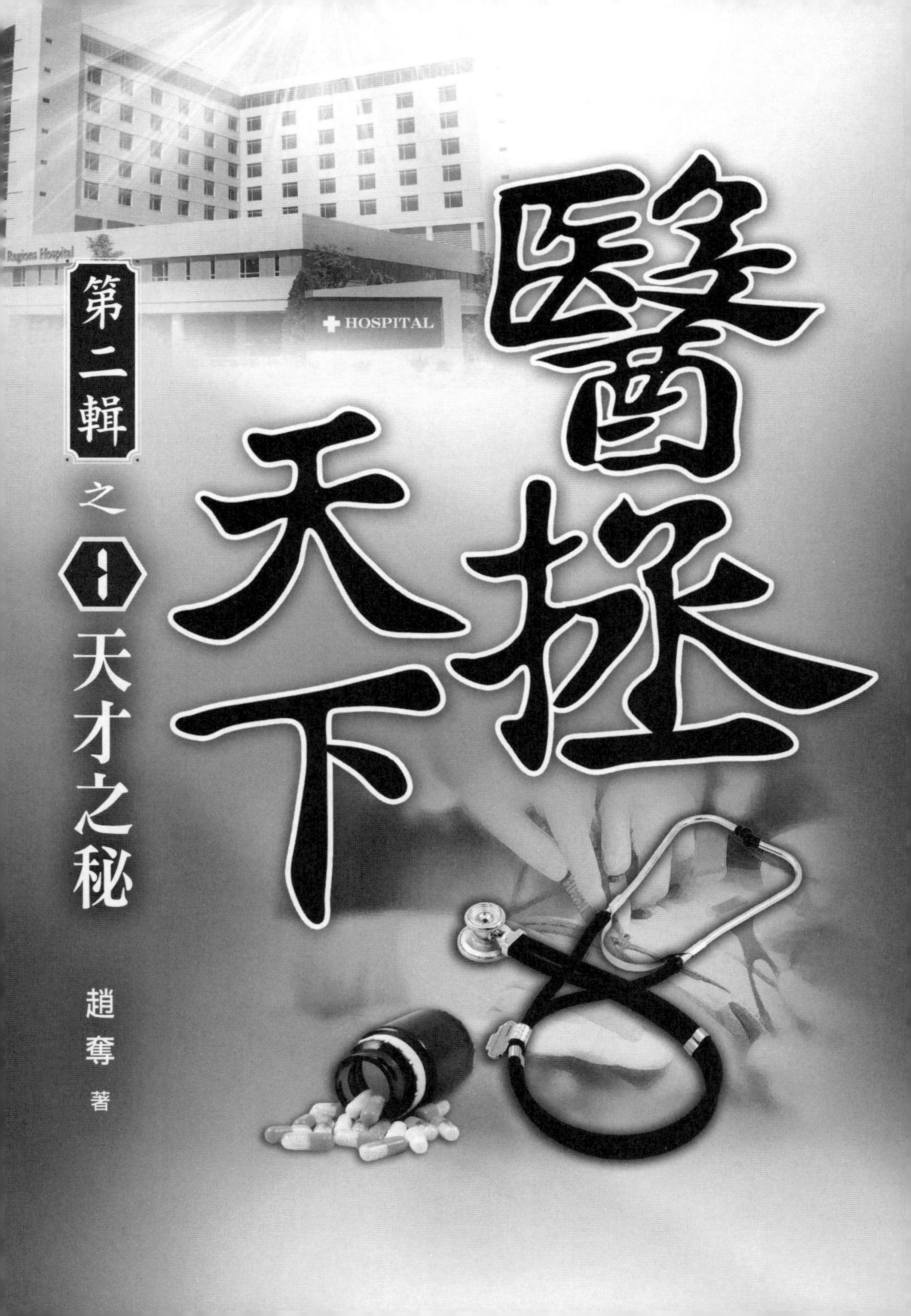
醫拯天下
第二輯
之
天才之秘
趙奪 著
HOSPITAL
Regions Hospital

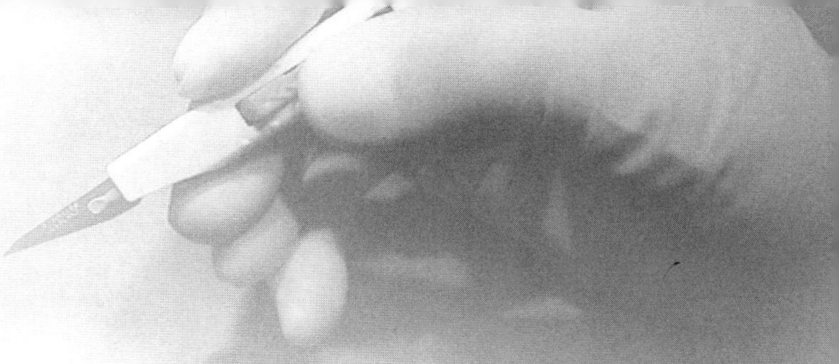

目錄

CONTENTS

前情提要

《醫拯天下》第二輯，敘述的是趙燁的「醫聖」老師——李傑的故事。

李傑，一個怪醫形象的超級高手，幾乎沒有什麼手術能難得倒他。之後收趙燁為徒，並憑其在醫界及商界的身分，一手提拔趙燁成為眾人皆讚的名醫。然而，李傑的身世來歷卻少人知曉。

原來，多年前，多才多藝又風流倜儻的李文育醫生，憑著一把精湛的手術刀，一夜下來幾場手術，談笑風生中，輕鬆救得幾條人命。

手術疲累之餘，他回到值班室沉沉睡去，沒想到這一覺醒來，世界全變了！

他竟然回到過去的時代，成為一個貧窮農村的窮小子，而大學錄取科系竟是「水土保持與荒漠化防治」這個冷門到不行的科系！

他的人生彷彿瞬間歸零，李文育從此成為了名叫李傑的窮學生……

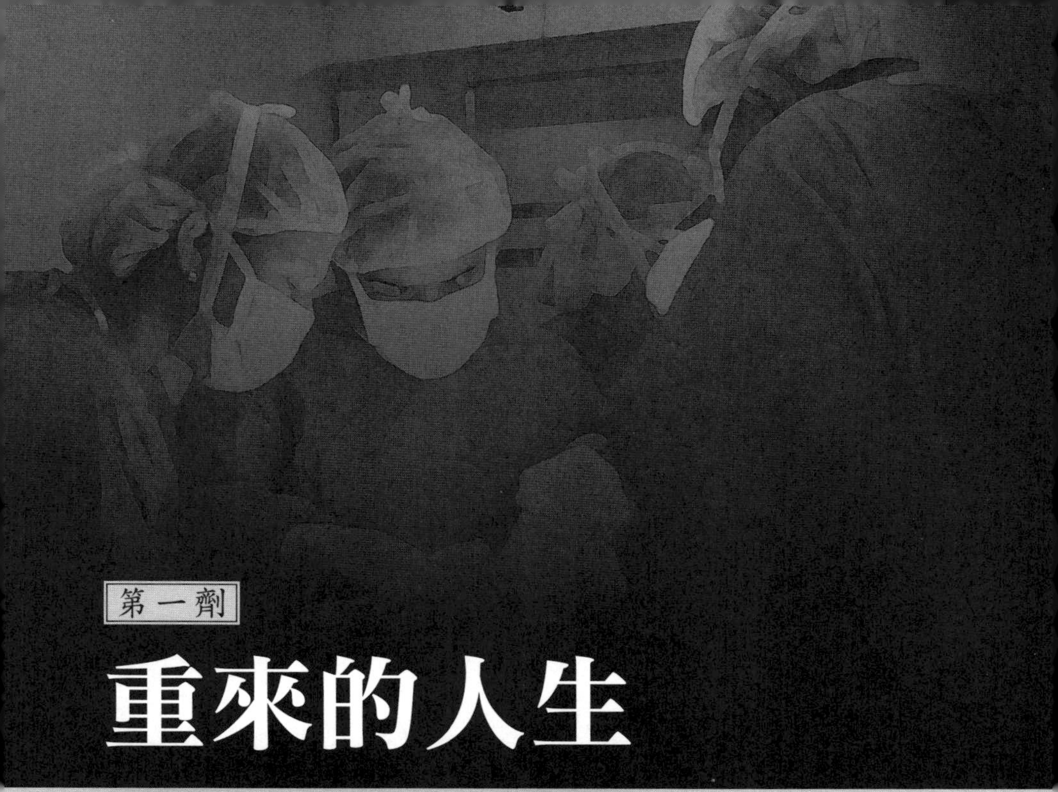

第一劑

重來的人生

當李文育醒來的時候，他一睜眼便發現有點不太對勁。
怎麼屋頂看起來既不像醫院，也不像自己家啊。
自己左邊坐了一位二十歲出頭的年輕女人，
趴在床邊睡得正香，臉上紅撲撲的，還有一些睡覺弄出來凹凸不平的紋路。
李文育以為自己在做夢，秉承著自己一貫的「優良」作風，
或者說是他的條件反射也好，
伸手溫柔地摸了一下這個女人的頭髮，沒想到她立刻就醒了。
李文育當時就嚇得一身的冷汗，
他做夢什麼時候發生過這樣的意外？

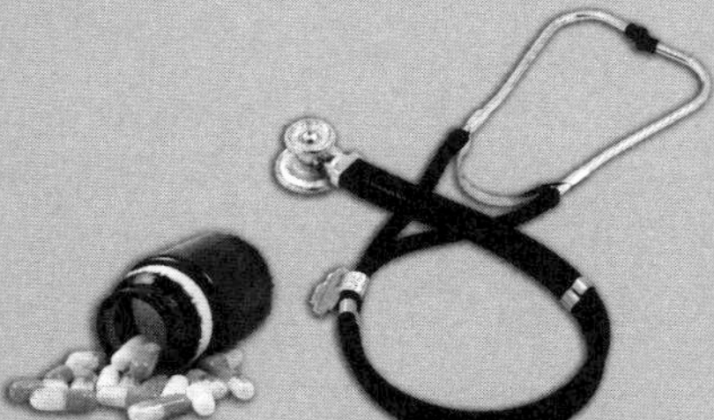

「今天真是一個糟糕的天氣啊！」李文育無奈地看著窗戶，外邊的大雨連綿不斷，閃電雷鳴一個接著一個，絲毫沒有停止的意思。

誰讓自己沒事幹，得罪了上級呢？現在倒好，搞得自己時不時地就被抓來值班，而且還是值夜班，晚間的精彩活動都不能參加了。

不過，自己是問心無愧的，病人本來就沒什麼大病，可是在院方上級的旨意下，主任不是要病人住院，就是要開沒有必要的刀，要麼就是吃一些進口的藥。自己向病人家屬解釋了病情以後，病人當然不會再花那些冤枉錢了。

其實上級如果不把手伸向自己的病人，李文育也不會有什麼意見！李文育這次可是真的把他們給惹火了，竟然給他下了死的定額，規定每個月要給醫院達到一定的收益，而且還理直氣壯的拿他晚上經常上夜店這個原因，來讓他值夜班！

不過，也沒什麼要緊的，因爲李文育的醫術很有名氣，看病的人很多，如果要達到定額只需要累一點，並不需要坑人家的錢，而且值班不過是夜生活沒有了，那些漂亮的妹妹只能寂寞了。話又說回來，不值夜班也很難遇到那麼多病人，他的定額也不好完成！

院長雖然生氣，不過他也不是那種一點器量都沒有的人！李文育在他眼裏不過是純潔的年輕人，不過這裏的醫療風氣就是這樣，李文育想獨善其身，卻是他不允許的！

其實他也沒有辦法，醫院經費不夠，所必須的藥品儀器又被國外所壟斷，價格都高得離譜……

李文育則認爲他靠手藝吃飯，院裏的科研還要靠自己出菜，並且市裏領導跟自己又因爲看過病的原因交情又還不錯。所以他並不怕任何人，不過他也不能因爲這個就囂張。

想到這裏，李文育感覺到一絲的疲倦，便走出了值班室，站在值班室附近的窗戶邊，悠然自得的從口袋裏掏出打火機和煙，正打算過過癮，提提精神，醫院消毒水的味道讓他的頭昏沉沉的。

「對不起，這裏不能抽煙的，會影響病人的！」旁邊一個聽起來挺甜美的聲音怯怯的傳了過來。李文育歪著腦袋叼著煙，向著聲音傳來的方向望了過去。只見一個年齡不大的小護士，懷裏抱著一本病歷，怯生生的站著，一雙水汪汪的大眼睛眨個不停，眨得李文育心裏撲通，撲通地跳個不停。

李文育努力地把嘴裏的口水咽了下去，然後對著小護士報以一個大尾巴狼的招牌式微笑：「你是新來的吧，我以前沒有見過你啊！你還是第一次到這裏值班啊？」

這個小護士看著李文育的壞笑，不由得把胸前的病歷抱得更加緊了幾分：「我是醫學院實習的學生，今天是第一次來。」

第一次?怪不得以前沒有見過，怪不得來阻止自己抽煙，誰不知道醫院裏他李文育是有抽煙特權的！

「哦！」李文育臉上一副「原來如此」的表情。

「第一次來啊，那我可以教給你一些很重要的事哦！包括你知道的，還有你不知道的！」李文育說完，內心邪惡的火焰猛的躥起幾米高。

「那就先謝謝你了，老師！」純真的小姑娘看來是一點也不知道，自己已經被這個大尾巴色狼給盯上了，說完還感謝的鞠了一躬。

李文育看著窗外的大雨，點著了煙，慢慢的品嘗著尼古丁所帶來的刺激與快感。晚間的夜班很是枯燥，如果沒有病人，李文育只能依靠煙來解悶或者找一兩個漂亮的護士聊聊天。醫院的護士們基本雖然都知道李文育是個花花公子，但她們對李文育並不反感。相反地，她們很喜歡跟李文育聊天，因爲李文育總是能讓她們笑個不停。

其實醫院裏喜歡李文育的護士很多，不過據李文育其中一個鐵哥們說，李文育其實是一個很專一很傳統的人，根本不會亂搞什麼，但是如果真的送上門來，他卻不會拒絕。

「滴，滴」腰間的呼叫器非常不合時宜的響了起來，李文育無奈的搖了搖頭，把抽了一半的煙，彈進大雨中，然後快步走向急診室。

李文育用變態的速度給自己手部消毒，他手部消毒的速度堪稱醫院一絕，他消毒的時候，周圍通常不敢站人，因為他刷手太快，肥皂泡亂飛。最奇怪的是泡泡從來都飛不到他身上，其他人則每次都很慘，基本滿臉都是泡沫。十五分鐘的消毒他通常六分鐘就結束，這還包括五分鐘的酒精浸泡的時間！然後他一邊穿衣服戴手套，一邊進急診室，詢問身邊的護士病人的基本情況。

「病人左下肢割裂傷，血壓九五／七十，脈搏八十五～」

「創面消毒！準備縫合！」李文育簡短的下了命令。護士已經手腳麻利的剪開了傷者的褲腳，他的傷不是很嚴重，當然這是對李文育來說，他的腿部筋斷了，需要重新連接，肌肉也嚴重破損，需要修復。

看著血肉模糊的傷口，如果換作別的醫生也許要搖頭，這樣的傷需要對人體組織擁有高度的理解，病人股動脈血管破裂，部分肌肉割斷，而且割裂物還留在腿部。他需要取出割裂物，縫合血管。

這對於李文育來說不算什麼，他可以避開損傷神經取出所有殘留在腿中的割裂物，完美的修復斷開的血管與肌肉，他還打算給這個病人的傷口細化處理，讓他只留下輕微疤痕。

「痛嗎？」

「不痛！」

「我就說了我來做肯定不痛，放心吧！我會很溫柔的！」

「……」

「哇！流血了！」

「紗布、紗布……」李文育大嚷著，迅速的用紗布擦流出來的血。他一邊做著手術，一邊和傷者聊著天。

患者的傷只不過是局部的損傷，並不需要全身麻醉，所以他還是很清醒的！李文育最喜歡這樣的病人，他可以聊天。

如果是全身麻醉的病人，他就放音樂，李文育最喜歡的是林肯公園的搖滾樂，他喜歡那個節奏，就跟他手術時候的節奏是一樣的！當然這個惡習是李文育的秘密，除了他的手術團隊，別人都是不知道的。

「那個新來的小護士，你來把他推到病房去休息，我完成我的工作了！對了，別忘記了一會兒來我這裏上課啊！」

李文育念念不忘的還是那個新來的漂亮小護士。

院長剝奪了他出去酒吧裏泡妞的權利，他就只能在醫院裏逗逗小護士了。

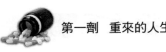

「偶的神啊！我快受不了了啊！」這一夜，李文育在做完了不知是第幾個手術後，躺在手術台上大聲的發著牢騷。

每次他想跟小護士聊聊天，就會有變態的手術出現，雖然他很樂於救人，但是也不能總出現啊！看值班記錄，今天晚上的手術比以前一個月的總量還多。如果是上天可憐自己害怕這個月的定額完成不了的話，那麼請停止吧！

李文育祈禱著，他已經快完成這個月的定額了。他有些懷念自己在國外醫院實習的日子，外國醫院憑啥一天只看二十個病人，還有休假？別說外國人口少，中國人口多。中國人口多，那醫生也應該多啊！

「滴，滴」腰間的呼叫器又開始了不知疲倦的工作。

「叫，叫什麼叫，老子這不在手術室嗎？」李文育罵了一句。就在他跳下手術床的一瞬間，李文育只覺得眼前忽然一黑，差點沒站住。

「可能是累的吧！自己好像沒有低血壓?!」他嘟囔了一句。

「碰」的一聲，手術室的門被從外邊給撞開了，只見一個全身是血的人被送了進來。

「呼吸停止，心跳停止，脈搏零，測不到血壓！」一個助手在旁邊的監護儀前喊著。

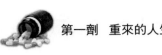

「電擊器準備。」李文育頭也沒回的說。雖然他總是疲倦，但每當病人到來的時候，他絕對不含糊。

「第一次，來了！」病人被電得整個身體都跳了起來，心電圖上還是一道直線。

「第二次，來了！」再次跳躍，依舊是直線。

「準備開胸，做心外直接電擊！」

李文育曾經被人稱作迎風一刀斬，他手術一刀下去乾淨俐落，李文育切開胸部皮膚，打開胸腔，正打算做直接電擊的時候，忽然一道閃電，然後整個手術室陷入了一片黑暗之中。緊接著，一聲粗口猶如雷聲一樣響了起來，「我靠！這叫我怎麼搞啊？」不過此後聲音馬上變得溫柔了許多：「新來的小護士，去找幾個手電筒，要快一點啊！」

小護士應聲而去，李文育在黑暗中摸索著，用手開始了心臟按摩。所謂的心臟按摩就是用手直接接觸心臟，然後給心臟按摩，以手部的動作來模擬心臟的跳動，這是一種很高級的技術，心臟各個部分的跳動時間都是不一樣的，其中的壓力也不一樣，這其中力道的掌握與時間的掌握都是很困難的。

「大哥，拜託你，拜託你趕快跳起來啊，我求求你了，你要是跳起來了，我請你看漂亮的小護士！」李文育的一句話，讓手術室其他幾個人明白了，爲什麼剛才這個號稱「X醫第一刀」的李醫生，讓那個小護士去找手電筒了。

「好了，大哥你終於跳起來了，你放心，我答應你的就一定會做到，你就先安心的跳著吧。」李文育當作沒看見手術室其他幾個人臉上的黑氣，自顧自地說道。

「來了，來了，手電筒來了！」新來的小護士抱著幾個手電筒，興奮的叫道。當她借著手電筒的光，看到跳動的心臟的時候，忍不住誇獎了李文育幾句，誇得李文育感覺自己快要升天了一樣。

「好了，現在開始做腹部內臟縫合。」李文育看著幾個一臉「算你狠」表情的助手，下達了命令。

就這樣，李文育借助著手電筒的光，完成了這次搶救手術。極度疲倦的他回到值班室就沉沉的睡了過去。他夢到了很多美女，夢到自己沒有去值班，夢到自己……

當李文育醒來的時候，他一睜眼便發現有點不太對勁。怎麼屋頂看起來既不像醫院，也不像自己家啊，棚頂黏的報紙，也不知道是什麼時候黏的，都已經有點黃了！這裏看起來有點像窩棚。

李文育感覺自己的脖子有點僵硬，他費力的轉過頭去，想仔細看一看這是哪裏。

首先他發現，自己左邊坐了一位二十歲出頭的年輕女人，趴在床邊睡得正香，臉上紅撲撲的，還有一些睡覺弄出來凹凸不平的紋路。

李文育以爲自己在做夢，秉承著自己一貫的「優良」作風，或者說是他的條件反射也好，伸手溫柔地摸了一下這個女人的頭髮，沒想到她立刻就醒了。

李文育當時就嚇得一身的冷汗，他做夢什麼時候發生過這樣的意外？

這個女人見到李文育醒了，一下跳起來，邊跑邊激動的喊道：「媽！弟弟醒了，弟弟醒了！」一風一般的消失在屋外。

「弟弟？」李文育聽到這個稱呼第一個反應就是，「我什麼時候有個姐姐了？」

當李文育給了自己一巴掌，發現不是做夢！

又揉了揉自己的眼睛，他感覺自己是不是眼睛花了。

疼！

這是他第一感覺，眼睛揉疼了。他發現自己手很粗糙，仔細的觀察自己的手以後，豁然發現，自己的手怎麼這麼粗糙啊！還有，皮膚怎麼這麼黑啊，比原來自己的皮膚要黑得多，怎麼看怎麼像日曬過度。我記得我有好好保養我的手啊，外科醫生手的敏感度是很重要的，李文育甚至經常用牛奶泡手。

不過，看起來還是挺有力氣的嘛。然後，又順便觀察了一下自己的身體。精壯，年輕，而且非常的有活力。

哇！自己不是遇到了網路中最俗套的事情「穿越」了吧？開什麼玩笑，睡覺都可以穿越？

「兒啊，你終於醒了，媽都快擔心死了！你說你要是有個三長兩短，媽我可怎麼活啊！」就在李文育想著，並且祈禱著，這個世界最好所有人智商都低自己那麼一點點，所有人的學問都比自己差那麼一點點，自己的運氣再比所有人都好那麼一點點！這裏的女人都感覺自己比別人帥那麼一點點……

「這個就是我現在這個世界的母親？怎麼看起來這麼蒼老啊？」李文育現在是一頭的霧水。他看著自己這個世界的媽媽，覺得她外表看起來像六十多歲的「奶奶」。一身粗布衣裳，雙手還都是泥，看來她還沒有來得及洗，聽到李文育醒來，就直接跑過來了。

李文育看著趴在自己身上哭得一塌糊塗的老婦人，一陣酸楚湧上心頭，眼淚也跟著掉了出來。

李文育在醫院的時候就是出了名的心軟，看到哪家病人不行了，自己也老跟著傷心。自己這是招誰惹誰了，爲什麼偏偏來到了一個自己非常陌生的世界，還莫名其妙的多了一個姐姐，自己在這個世界的母親又看起來這麼蒼老，估計父親也好不到哪裏去，他們肯定是貧苦的農民，長期的高強度勞作，加上營養不良，導致加速的衰老。

李文育這個時候也想到了自己的母親，自己穿越到了這裏，不知道那個世界的父母會怎樣的傷心，還好自己平時的工資啊獎金啊！科研獎勵啊！全部都給父母了，但是那些錢夠他們養老嗎？可惜自己三十多歲了也沒有結婚，如果結了婚的話，也許還能留個人來照顧父母。不過自己走了，那些兄弟們應該會照顧自己父母的吧！想到這裏，李文育的眼淚劈哩啪啦的掉個不停。

母親看到兒子也哭得眼淚稀哩嘩啦的，便停止了哭泣，還安慰道：「兒啊，你別哭了，醒了就好！」

可是李文育還是一個勁的哭個不停。母親看到這裏，只得再一次的勸慰：「別哭了，媽這就給你做飯去，你都在床上躺了三天了，一定餓壞了，媽這就給你做飯去！給你做你最愛吃的東西。」說完便離開了李文育的床邊，走到門口的時候，還充滿關切的看了李文育一眼，然後用袖口擦了擦眼角。

李文育偷偷的在被子裏活動了一下手腳，他感覺自己的手腳不是那麼聽使喚，有點笨拙，這一個細小的動作沒有瞞得住一直坐在一旁的姐姐。

「怎麼了，是不是哪裏不舒服啊？」姐姐關切的問。

「不是，就是想下床走走。」李文育很老實的回答。

「那我扶你下來吧！你病剛好。」姐姐的話讓李文育沒有拒絕的理由。

於是，李文育開始在姐姐的攙扶下，邁出了他在這個世界的第一步。不過，由於是第一次，開始並不怎麼順利，要不是有個姐姐在一旁扶著，恐怕李文育早就從自家的院子裏滾到大街上去了。

他證實了自己的猜測，他移魂到這個身體上並不能完美的控制，他有很多不適應的地方。畢竟這個身體跟以前的身體身高、體重、脂肪含量、神經發達程度等等都不一樣。

李文育復甦後的那幾天，父母一直不讓他下床，李文育也樂得其所，他本來就是一個樂觀堅強的人，他並不知道自己爲什麼會來到這裏，更不知道怎麼回去，既然沒有辦法回去，就要適應這個世界！

在這裏他還要適應一段時間，首先就是這個身體，這是一個新的身體，控制起來需要重新的學習，對此李文育可是費了一番功夫。

他根據自己的醫學知識，制定了一套計畫，在沒事的時候就按照計畫來鍛鍊自己，在經過幾天的恢復性訓練之後，李文育逐漸適應了這個身體。

雖然日常生活沒有什麼問題了，可他發現，自己同這個新身體的協調性還是有點不算太大的問題。自己在做一些細微的動作時，身體還是跟不上自己的思維。

這讓他很是擔心，萬一自己的雙手不再像以前那樣靈活，自己還怎麼在這個世界混下去啊？

他李文育唯一的特長就是看病，做手術。可以說手術就是他的第二生命！手術刀就是他形影不離的朋友！一雙靈巧的手，對一個外科醫生來說是必須的！如果這雙手廢了，還怎麼給病人做手術啊？自己的偉大理想還怎麼完成啊？

不過，這路是人走出來的，辦法是人想出來的。

李文育費了很大力氣才想出了一個笨方法，這也是唯一的方法，他只能通過再次訓練，來恢復手的感覺，首先是拿刀的感覺，他每次飯前都幫自己的母親切菜。

然而，李文育的這個康復方法可害苦了這一家人，從李文育開始實施康復計畫的那一天起，他們家就再也沒有吃過大塊的菜，剛開始是片，然後是條，到了後來就成了絲。然後，這絲就一直沒有換過，反正不是這絲就是那絲。

其實李文育還計畫把菜切成丁來著，但是技術一直沒有到那關，他是想把丁切成同樣大小的正方體，而這個正方體的邊長就是三毫米。

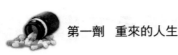

當然這只是其中的一部分，李文育沒事的時候還找來父母的針線，找樹葉或者破布來縫合，甚至練習打結。他很快就達到了一個一般醫生的水準，但是距離他以前的身體卻還是差距很大。

外科手術水準的高低，很大一部分看手術的速度，還有手術的精準度以及對身體結構的理解，最後才是手術的經驗。因爲手術技術的創新很少，一個技術也許可以連續用二十年，其中如果有改變，多數也是用藥的改變，所以手術的技術不是什麼秘密，但是真正能夠達到手術水準卻不多。這好比打籃球或踢足球，那些超級球星的動作很多人都會，但是用起來卻不一樣。

李文育作爲一個醫生，他是以手術技術熟練，速度快而出名。但現在這樣的水準他可不能滿意，但也沒有辦法，只能一步一步的訓練了。

轉眼間，李文育來到這裏已經有十幾天了，他恢復得很好。

這天，李文育正跟往常一樣在自己床上拿著針線偷偷做著康復訓練，之所以偷偷訓練，是因爲他害怕讓別人看見，一個大男人拿著針線熟練地縫東西，過一會又變戲法一般的連續的快速打結。知道的是在做康復訓練，不知道的還以爲他東方不敗轉世呢！

就在他練得正高興的時候，聽見了弟弟奔跑的腳步聲，接著就是興奮的喊道：「哥，哥，你快出來啊！你快出來啊！」

「怎麼了？是不是又看到仙女了？你眼中的仙女，那基本都是臉先著地的不幸小仙女！不要跟我說了。」李文育來到這個世界後，依然沒有改變自己的語言習慣。而他的弟弟也適應了他哥哥的轉變，從李文育來到這裏以後，他弟弟陪他的時間最多。

「不是，不是，哥，是你的錄取通知書到了，你快出來啊！」弟弟一臉崇拜的把自己的哥哥從房裏拉了出來。

李文育在這個世界的身分叫李傑，他上有一個姐姐李英，下有一個弟弟李豪。父母都是農民，因爲他們住在山區，這裏自然條件惡劣，所以勤勞的父母即使早出晚歸的工作也沒有辦法改變貧窮的命運。這個村子落後的不僅僅是經濟，他們的教育也很落後，除了李傑沒有人上過高中，更別說是大學。這裏的孩子們上學需要走很遠的路，而且如果孩子上學，對於一個家庭來說，少了一個勞動力，也多了一筆學費的開支。

而李文育也就是現在的李傑，他因爲沒有繼承這個身體的記憶，他能瞭解這個家，還是因爲他發現了真正的李傑留下的日記。可惜日記只記載到了他十五歲的事情，後來似乎是因爲學習太忙就中斷了。李文育原本以爲李傑是在家忙農活，他並不知道李傑竟然還上完了高中，還要上大學！

真是不敢想像，赤貧如洗的家如何供他上大學？

「啊！我的主啊！你為什麼要這樣對我啊！」

當李文育打開燙金的大學錄取通知書的時候，發出了一聲撕心裂肺的慘叫。

原因沒有別的，就是「李傑同學，你已經被我校農學院水土保持與荒漠化防治錄取」這幾個大字。

「哥，你看，你看，你考上大學了，你簡直好生猛啊！」李文育自從把「生猛」這個詞說出口後，這個弟弟就把它時常放在嘴邊。

「確實，確實是好生勇猛！」李文育現在有一股想撞牆的衝動，真不知道先前的這個傢伙是怎麼想的，連「水土保持與荒漠化防治」這個專業他都敢選，李文育真是服了他了。其實李文育當年不也一樣，報考的也不是臨床醫學系，很多新生在來大學之前，都是很理想化的，想上一個自己喜歡的專業，以為畢業了以後肯定會幹本業的工作！

其實多數大學生都不會幹本行的。李文育是過來人，他也上過大學，還讀過研究生。在工作的時候還通過了美國哈佛醫學院的博士考試。

水土保持與荒漠化防治，這個東西在發達的廿一世紀都是個不給撥經費的計畫！在這個時代有什麼錢途啊！李文育的心在呼喊！

李傑上大學，對於他們家人，對於他們的小村子，都是一件了不起的大事！在這個幾百人的小村子，高中生都不多，更別說大學生了。

家家戶戶都來看李傑，就像看稀有動物一般。看著李傑父親那發自內心的高興，李文育則是有苦難言啊！

夜裏吃過飯，李文育現在的父親因為高興還喝了一些酒，整個家庭都沉浸在一種歡樂的氣氛中！

這個世界的父親喝了酒以後跟大多數人一樣，喝多了話就多，他開始教育李文育，給李文育說一些自己的經驗，說一些對兒子關切的話！

「兒啊，你現在考上大學了，現在你就是一個大人了，從今往後，你的路就要你自己走了！」父親對著李文育深有含義的說道。

「我……我……」李文育看著父親那滄桑的面容，想起自己考上大學父親那高興的笑容，他無法把自己的想法說出來！

開不了口啊！他不想上這個大學，作爲一個未來的人，他所理解的事情要比這個時代的人多得多。其實從來到這個世界上，李文育就在考慮他的未來了。

在這個世界的未來，他是不可能一輩子待在這個小山村裏的，他所以每天都在做手部感覺與身體協調性的訓練，就是想著有機會出去闖闖，憑藉他無雙的醫術，他相信闖出去並不是什麼困難的事情！

何況這個世界並不如他那個時代發達，可以說這裏科技大約相當於九十年前後的水準，差不多二十年的差距，李文育相信他的醫術，在那個時代亦是出類拔萃，在這裏他肯定可以達到頂尖的水準。

但是在這個望子成龍的父親面前，他能說出那樣的話嗎？他能說出不想上學的話嗎？

晚上，李文育躺在床上翻來覆去的睡不著。在醫學界混了差不多十年的李文育明白，在醫學這個領域，想要出頭是很困難的，醫學很注重學歷跟資歷，畢竟這是人命關天的職業，沒有學歷沒有人會承認你，沒有學歷，你想證明自己都沒有機會，畢竟沒有人會拿自己的生命來給你做實驗！

但是，在這個世界，他難道要學習「水土保持與荒漠化防治」？

李文育努力的想把「水土保持與荒漠化防治」從頭腦裏抹去。他的專長是給人看病，而不是給地球看皮膚病！

這個時候，也就是在李文育無法睡著的同時，他的父母也沒有睡著，他們商量著那筆看起來猶如天文數字般的學費。

「他爸，咱兒子考上了大學了！咱們家堅持到小傑畢業，苦日子就到頭了。」看著老伴，李文育的母親說。

「是啊，考上了，真是不容易啊！小傑真給咱們家長臉啊！咱們村子多少年了也沒有出過一個大學生！你看看那些人羨慕的目光沒！」李文育父親得意的說，但是他心裏卻想著那一筆學費，看著自己蒼老的老伴，同樣陷入了沉默。

「那，那兒子的學費怎麼辦啊？」家裏的經濟情況，已經到了囊空如洗的地步了。這一點，母親比誰都清楚。

「我再想想辦法，總不能讓兒子不去上吧！我再出去借借！」父親說得有些無奈，其實他明白這個村子借錢很難，畢竟每家每戶都不富裕。

「要不，我出去找一份工作吧？」母親向父親建議道。

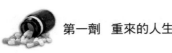

「不行，你身體一直不好，怎麼還能出去工作呢！」父親堅決的回答。

「可是，如果沒有錢的話，兒子就上不了大學，我不能因爲自己，把兒子的前途給耽擱了啊？」母親一直都是偉大的，不管什麼時代。

「我說不行就不行，我明天再想想辦法！你放心，有我頂著，總是有辦法解決的！」父親的倔脾氣上來了。

「可是……」母親似乎還想說些什麼，父親卻打斷了她。「有什麼事明天再說，睡覺！」李傑的父親毫不猶豫的打斷了他母親的話。他很恨自己的無能，作爲一個男人無法供自己的兒子上學，他感覺很對不起兒子。

在床上睡不著的李文育，透過那隔音不太好的木板牆，將父母的談話絲毫不差的聽了個遍，父母的愛讓他感到溫暖，在來到這個世界後，他雖然嘴裏叫著爸媽。但是他真的把他們看成自己在那個世界的親生父母嗎？畢竟這對父母沒有相處二十多年的感情。

但是他們對自己呢？這是真正的父母感情，李文育感覺自己很禽獸，是個白眼狼。來到這個世界就應該扮演好自己的角色，他要代替李傑給父母一個幸福的晚年！不，不是代替李傑，李文育再也不存在了，他現在就是李傑，李文育就是真正的李傑！

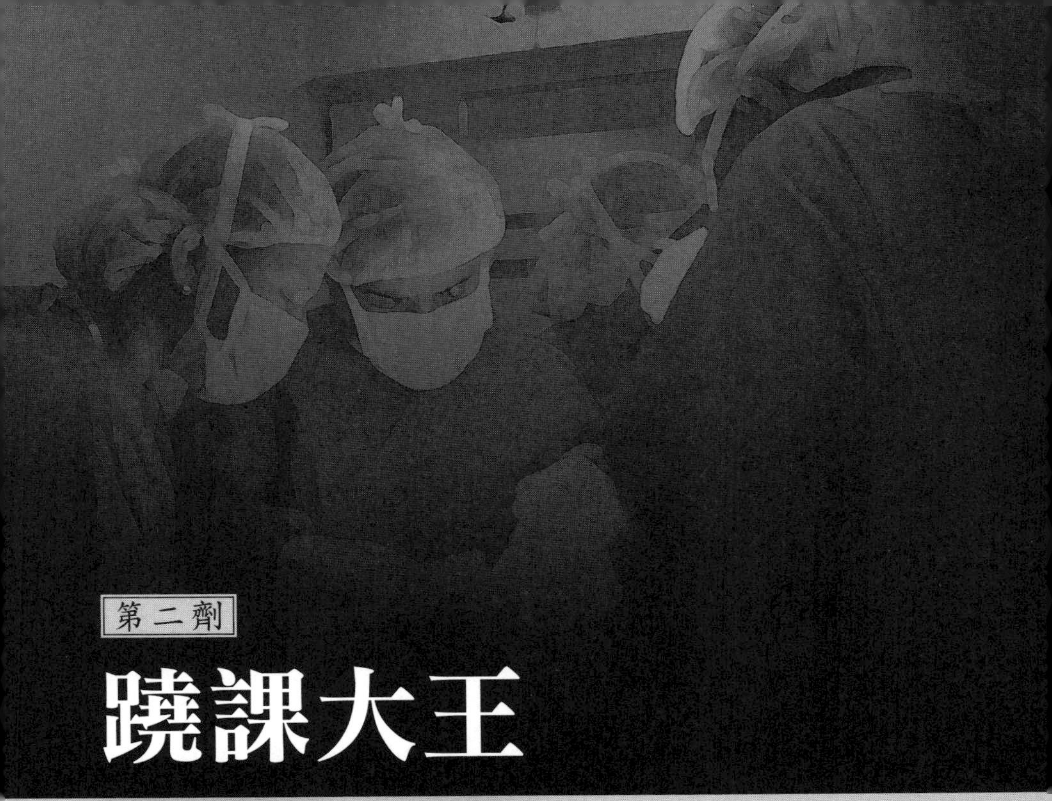

第二劑

蹺課大王

李傑老大不情願地去了老師辦公室，
被富有正義感和責任感的老師教訓了一個下午，
這讓李傑差點發瘋，更讓他發瘋的是，竟然是班長告的密。
經過這次事件後，李傑氣得牙都癢了，
他現在連班長是誰都不知道，因為選班長的時候他跑掉了。
李傑自認為與班長既無新仇，也無舊恨，為什麼她要告狀呢？
難道這麼富有正義感麼？又或者是羨慕李傑玉樹臨風？

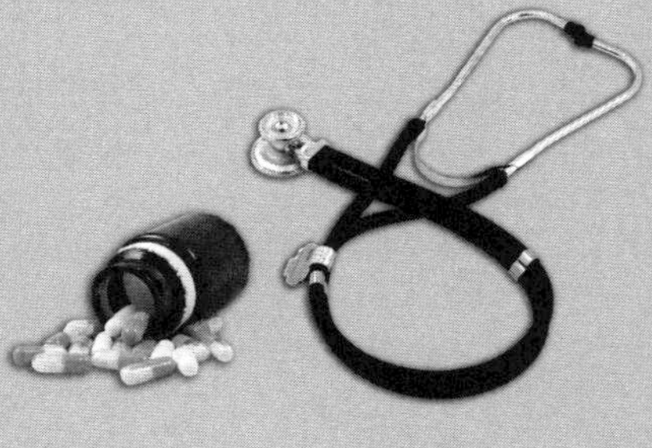

「爸，我不想去上大學了！」

第二天，李文育向正要出門的父親說出了自己的想法。

他昨天想了一整晚，他知道如果不說出這些話，事情是永遠沒辦法解決的，現在說出來，還有很大機會。

「不想去了？你爲什麼不想去了？你以爲你老子我供不起你嗎？告訴你，你老子我就是砸鍋賣鐵，就是去賣血，我也要讓你去上大學！」不出所料，父親聽了李文育的話以後，開始發火了。

「不是的，爸，那個專業我不喜歡！我覺得不適合我！」李文育看著滿臉赤紅的父親，輕輕的說道。

「咱們李家幾代人就供出了你這麼一個大學生，你知道這容易嗎？你現在就憑著一句不喜歡，就不想去上了！你說，你不去上大學，你想幹嘛？你想和你老子一樣，在這個山村裏種一輩子地？告訴你這個小兔崽子，你想都別想，你要是不去上大學，你就給我滾出這個家，永遠都別回來！」李文育的父親越說越激動，抬手就給了李文育一巴掌。

李文育捂著臉，感覺火辣辣的疼痛，他知道自己的臉已經腫了。但是他還是必須要把自己的想法說出來。

「我不能上大學，我想出去闖闖！」

「你小子有什麼能耐出去闖？你說你能幹什麼？你小子什麼本事都沒有，你能幹什麼？」

李文育被他父親的話給噎住了，他想說自己會看病，但是他父親會相信嗎？如果他們知道自己兒子的身體被他給佔據了，他們能受得了嗎？

他現在是李傑，不是李文育。

李文育有些鬱悶，他昨夜其實想過，他可以自己出去闖蕩一下，他可以在一個小診所當個醫生。雖然手術是他的強項，但那不代表他其他方面比較差，內科方面李傑也不弱。但是父母看樣子肯定不會允許他出去闖蕩了。

他也許只能走第二條路了，上醫科大學，然後提前畢業！用兩三年的時間來完成學業，雖然耽誤了幾年時間，但是這肯定比出去闖蕩發展的要快，並且父母這裏也好交代。但是這樣家裏的負擔很重，李文育其實最不想的就是這條路，自己佔據了人家兒子的身體，再用他們的錢來供他上學……也許以後自己永遠也不能報答他們的恩情。

「我想重讀一年，明年考個好一點的大學。」李文育忍著臉上火辣辣的疼，還是對著父親慢慢的說道。

「重讀？你說得倒輕巧，你以爲重讀不要錢啊？我把你這個小兔崽子……」說到這裏，李文育的父親抬手就要打他。

「你們這是怎麼了？孩子的爸，別再打了！」剛從房裏出來的母親，看到這一幕趕緊跑過來，拉住了父親那正要落下去的手。

「你別拉著我，你讓我打死這個小兔崽子算了，也省得和他生氣！」父親氣呼呼和母親說著。

「有話好好說，你看你把孩子打得！」母親看著李文育臉上五個紅紅的指印，心疼的說道。

「你聽聽，這個小兔崽子不想上大學了，你說說，他不上大學，他去做什麼？」父親指著李文育，更加生氣了。

「兒啊，你好好跟媽說說，你不想上大學，你想做什麼啊？」李文育的母親看著兒子，似乎有些猜不透兒子的想法。

「媽，我想重讀。」李文育看著母親，母親由於常年的操勞，面容顯得十分的蒼老。

「你聽聽，這個小兔崽子要重讀！」父親聽到這句話，氣就不打一處來。

「你就別說了，你聽聽兒子怎麼說！」母親看著自己老伴那生氣的樣子，趕緊勸道。

「我不想去學『水土保持與荒漠化防治』，我想明年考一個好的醫科大學！我想當一個醫生！」

李文育看著母親蒼老的臉，母親蒼老的臉有一種不太自然的灰色，那種灰色就像灰燼的顏色一樣，李文育知道，那是心臟病的症狀，但是他現在沒有能力替她治療，雖然他的技術完全可以拯救母親，但是一個重大的手術，不僅僅是一個人的力量，他還需要各種儀器，他也需要好的助手，好的護士。

聽到這句話，母親和父親的臉色都微微一愣，他們不知道兒子是什麼時候有了這樣的想法。其實論醫術，李傑相信這個世界能比得上他的人不多，根據他來到這個世界的這段時間，他已經瞭解這個世界很多東西了，雖然這裏沒有電視，但是有廣播，也有一些過期的報紙，這裏的科技水準也就相當於以前那個世界的八十年代末期。

二十年的科技差距可不是一丁點。李文育在沒有來到這個世界之前，他也是一個很有名氣的醫生！他畢竟是哈佛大學畢業的博士，也是諾貝爾獎得主的得意門生。

「不行，你要重讀的話，萬一明年你考不上怎麼辦啊？這可是一輩子的事情啊！」父親在聽到兒子的想法後，說話的口氣緩和了不少。其實他的擔心也不無道理，在那個時代，大學的錄取率是很低的，而且考上大學的人很少有重讀的，畢竟那個時代大學生是真正的天之驕子，畢業以後的工作待遇很高，比起李文育那個時代的研究生還要好很多！

「兒啊，你先進屋，我和你爸再商量商量。」母親把李文育支開了，她以爲是自己的病，才使自己的兒子有了上醫科大學的決心。

正當李文育一個人坐在床沿，想著自己該如何說服父親的時候，他的姐姐李英推門進來了。

「聽媽說，你要重讀考醫科大學？」姐姐坐在李文育的旁邊，盯著他的眼睛說道。

「嗯，我不喜歡現在考的這個專業。沒有什麼前途！」李文育說道。他當然不能把自己的真正計畫說出來。不能說他想考醫學院，然後早早修滿學分提前畢業當醫生去。

「那你覺得你明年能考上嗎？」姐姐問著。

「這有什麼難的？姐姐知道我從來不吹牛，你難道不相信我嗎？」李文育毫不猶豫的回答。李文育雖然高中畢業很多年了，但是憑藉他聰明的腦袋，對於高考他可不怕，畢竟他上高中時候也是個高材生啊！

「那你一定要說到做到，你現在已經是一個大人了，你自己說的話可要算數。你自己決定走的路，你一定要自己走下去，姐姐支持你。」李文育的姐姐覺得自己的弟弟對考一流的醫科大學很有信心。

「可是姐姐，爸媽不同意我重讀啊！」

「姐會想辦法說服爸媽的，這個就不用你擔心了。還有學費姐姐也會幫你的！你只管好好的重讀就可以了。」姐姐安慰著李文育。不過，李文育看到，姐姐的眼神裏似乎有一種淡淡的憂愁。

李文育聽著姐姐的話，心裏一陣溫暖。姐姐只比他大三歲，他聽說姐姐在小的時候學習也很好，但是她卻沒有繼續讀下去。這不是父母重男輕女，而是姐姐自願放棄的。

如果沒有這個姐姐，李文育來到這個世界上也不會有上大學的機會，在後來李文育知道，姐姐李英爲了自己付出了很多。

其實在李文育的心裏，他是想上大學的，因爲一個沒有學歷的醫生，在醫療界是很難被承認的，即使你擁有匪夷所思的醫術！

可是理智的想，他不應該上大學，這個家負擔不起。可是當父母親爲了自己的兒女，又有什麼負擔不起呢？

「兒啊，你給媽說說，你爲什麼想上醫科大學啊？」就在姐姐剛出去不久，李文育的母親進來問道。

「我想當一個醫生，我想讓窮人能看得起病。我要讓這個世界沒有失去親人的遺憾！」李文育一不小心就說出了自己在這個世界裏的偉大目標。

其實李文育在那個世界曾經遇過一個病人，那還是他實習的時候，那是一個很和藹的老爺爺，他博學多才，樂觀向上，對於生活充滿了熱愛。

但是他卻得了肺癌，那時李文育經常跟那個爺爺聊天，他知道了那個爺爺曾經很窮困，一直到最近幾年才過上好日子，他辛苦了一輩子，現在老了，有孝順的兒子，可愛的孫子。但是他卻帶著對世間無限的留戀離開了！

看著他兒孫撕心裂肺的痛苦，李文育從此決定要做一個好醫生。所以在後來，他從自己腰包裏給病人貼藥錢，擅自接受無法醫療的病人，不知道得罪了上級多少次，但是他依然不改，也不曾後悔。

母親看著李文育那下定決心的表情，想說什麼，但又發現自己什麼也說不了。

「那我去勸勸你爸，你也知道，你爸脾氣倔。」母親說完就離開了。

「媽，昨天你跟爸說的話，我都聽到了，你們不用爲我學費擔心，我自己有辦法的！」

「兒子啊！你別多想啊！你爸會有辦法的！你要相信你爸爸，他什麼時候讓你失望過？」

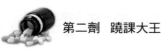

李文育想起日記上的記載，李傑在小時候有一次很不懂事，父親帶著他到縣裏去，他看上了一個漂亮的玩具。但是那個玩具很貴，貴到足夠一家人兩個月的花銷。但是幼小的他當時卻並不知道這麼多，他只是想要玩具，所以他就哭，結果被爸爸給扛回家了。回家後他還是哭！最後爸爸跟他說，一定會買給他，他才停歇！

過了幾天，爸爸真的帶了那個玩具回來，但是他並不高興，因爲他偷聽到父母的話知道，這個玩具是爸爸偷偷跑去賣血換來的！

這個事一直在李傑心中占重要的地位，因爲日記裏面他提過很多次，也多次寫了要報答自己的父母！

現在的李文育佔據了李傑的身體，他又怎麼能讓這對父母背負更重的負擔呢？

「媽！我知道了，你們也別太操心！」

李文育剛剛送走母親，他的弟弟又來了。

來到這個世界以後，跟李文育接觸最多的就是他的弟弟李豪。

對於李豪，李文育認爲，他有著一種與年齡不相符合的沉著與冷靜。他目前還是一個小孩子，李文育認爲，這個弟弟如果能夠好好的培養，絕對可以成爲一個人才。

「哥哥，聽說你不上大學了？爲什麼啊！」

「我不是不上大學了，我是不要上這個大學，我準備學醫，以後當個醫生！」

「哥，我支持你，我知道哥哥你永遠都是正確的！哥，你說我怎麼辦？我馬上要上高中了，不知道爸能不能讓我念呢？」

「別擔心，你今年好好學習，聽說縣裏的高中現在收免費學生，只要你成績好！」

「那沒有問題，哥，那你要重讀的話，是不是明年我們可以一起在那個高中上學了？」

「不是，我決定出去打工賺錢，先賺點錢，然後在考試前兩個月左右回來考試就好了！」

「哥，雖然我很擔心，但我覺得你肯定行！」

「弟弟！我以後會做個出色的醫生！我想讓我的弟弟以後也成爲一個有用的人才！我想弟弟以後可以成爲一個爲人民當家的父母官！」

「哥，你怎麼想得跟我一樣呢？我們做個男子漢的約定！我以後會考上最好的大學！然後會成爲一個好的官員！你也當個好醫生，先把媽的病給治好了！」

他們兩個人在這個時候沒有想到，兄弟倆的擊掌立誓在日後竟然真的實現了。

在李文育拒絕上大學後，好幾天父親都不跟他說話，李文育能看出父親的氣憤。

李文育最想的還是出去闖蕩，但是他害怕自己如果跑掉了，父母會不會一病不起？自己選擇的這個去讀醫科大學的折中法子，已經是他覺得最好的方法了。

首先父母容易接受，其次對未來發展很有幫助。沒有學歷的那些神醫，多數都是神棍，當然中醫不在其中。

李文育天生就是驢脾氣，沒有人管得了，這幾天他已經偷偷準備了，他準備直接跑去打工賺學費去！如果有了學費，就沒有人能阻止他重讀了。

這天剛吃過晚飯，李文育打算把自己的心裏話說出來，然後就走，也不管父母同意不同意。

飯菜剛剛上桌子，還沒等動筷子，就聽見母親焦急的喊道：「他爸，你趕緊去看看，他大伯也不知怎麼了！」李文育的父親臉色一變，扔了筷子披了一件衣服，急匆匆的跑了出去，李文育也趕緊跟上。

李文育和父親一前一後的跑到了大伯家，只見大伯的堂屋裏圍了一圈的人，李文育趕緊鑽了進去，只見堂屋地上正中躺著一個人，臉色紫紅，氣息微弱，身體僵直。

李文育快步走到那個人的身邊，不顧眾多鄉親驚訝的表情，俯下身去，「還好，沒死。」當李文育聽到十分微弱的心跳時，不禁這樣想。不過，這個人的情況也不太樂觀，呼吸十分微弱，幾乎停止！

如果不趕快進行救治，恐怕就活不了了。

「他這是怎麼回事？」李文育摸著脈搏問道。

「我也不知道，我們正在吃飯，他吃著吃著就倒了。」一個和母親年紀相仿的婦女哭哭啼啼的說道。

李文育抬頭看了一眼，發現飯桌上有一盤沒有吃完的豆腐。他立即明白了，這個傢伙什麼病症也沒有，唯一的可能就是吃豆腐卡在氣管裏了，肯定一邊吃一邊說話，這樣的病例還真是少。

不過這個傢伙吃飯的習慣也太不好了，肯定是嘴裏有東西的時候說話了。

「爸，你把屋裏的人都請出去！」李文育的話，讓他父親聽起來有點不太舒服。

「小兔崽子，你想做什麼？」

「救他！」李文育頭都沒抬。

「你一個小孩知道些什麼！趕緊一邊待著去，我已經叫村衛生所的人來了。」父親看著自己的兒子，有點生氣。

「你們不想讓他死的話，就趕快離開！別在這裏吵鬧！」李文育的脾氣也不好，對著周圍圍了一圈的父老鄉親喊道。

「你，趕快燒一壺開水，再替我找一把小點的刀子跟酒精，沒有酒精拿白酒也可以！快一點！」李文育看著周圍一動不動的人，聲音不由得提高了幾分，他似乎又回到了手術台上，他又成爲了那個無所不能的醫生！

「讓開，讓開！」李文育擠過人群，用最快的速度把自己的手洗了三遍。

「你不想讓你男人死的話，就趕快照我說的做！」李文育對著還在一旁發愣的大嬸子喊道。

「酒精呢？刀子呢？」

李文育環顧四周，村民似乎都不太相信這個年輕的小夥子，儘管他是本村第一個大學生。

「酒精呢？刀子呢？快點拿來！」

李文育有點發怒了，提高了聲音又喊了一遍，現在時間最寶貴了，病人氣管應該被卡住了，如果不能儘快治療，缺氧時間超過五分鐘，那病人必死無疑！

「拿去！」

李文育抬頭一看，是自己的父親，手裏拿著一把小小的鉛筆刀跟一瓶二鍋頭。「你能救活他嗎？」

「讓這裏的人都走開，我就可以！」李文育的表情無比堅定。

「大夥讓讓，大夥讓讓！」

李文育的父親把鄉親們推到了一邊，自己也和鄉親們一樣，忐忑不安地看著自己的兒子，正在做著自己一點也不明白的事情。

李文育撕開他的衣服，先用酒精簡單的給皮膚表面消毒，然後點火把小刀燒了一下。雖然這樣不能完全消毒，但最少能減少一多半的感染機會。

李文育深吸了一口氣，這是他來到這個世界第一次拿刀子，雖然不是手術刀！

他感覺自己額頭已經佈滿了汗珠，雖然僅僅是打開頸部，但這是他第一次，作爲李傑第一次開刀，手裏的刀也不是手術刀，這不過是一個很普通的鉛筆刀。

只要他的手一個不小心，這個不趁手的「慢」刀，就可能傷到甲狀腺或者神經。

他迅速的在男人脖子上一劃，周圍圍觀的村民不約而同驚叫了一聲，然後議論紛紛。

李文育的父親手心裏全是汗，他不敢相信這個兒子竟然用刀子割人家的脖子！

但是他很快就發現，這一刀子下去，竟然沒有出多少血！

雖然他一直都相信這個兒子不是魯莽的人，但直到現在，他那顆懸著的心才放下來。

李文育心中其實也有點緊張，畢竟這是他在這個世界第一次動刀子，本來在這樣簡陋的環境中他不應該開刀的。但是如果不開刀的話，那麼病人就是死路一條！開刀雖然承擔了一點風險，但是病人生存的希望卻增加了很多。

雖然李文育拿的不是手術刀，很不趁手，但很順利的切開了皮膚，這讓他信心大增，在以前，切開氣管這樣簡單的事情對李文育來說還是比較容易的，人頸部所有的動脈血管跟神經都記錄在他的腦海裏。

他似乎又回到了手術台上，他動作越來越快，也越來越熟練。

李文育順利的切開了氣管，很成功，沒有傷到血管與神經，然後在病人的胸口用力向下壓，連續幾次將肺部的空氣向外擠壓，目的是讓空氣順著氣管流出，最後將卡住的豆腐給推出來。幾次擠壓過後，終於成功了！李文育從切開的氣管中取出了豆腐。

李文育沒有記時間，但是他知道他用了最多兩分鐘，病人停止呼吸的時間不足以造成很嚴重的傷害。

李文育拭去額頭的汗水，回頭看了一眼說道：「爸，快點把衛生院的人弄來啊！他們怎麼還沒有來？」

村民們都驚呆了，李文育所做的，對於他們來說無異於天方夜譚。

看著躺在地上的病人臉色漸漸的轉好，大家對李文育的崇拜簡直到了極點。

這其中包括了他的父親！

村衛生所的人來了以後，看到躺在地上的病人，有些不敢相信自己的眼睛，但事實擺在眼前，由不得他們不信。

回到家以後，李文育沒有見到自己的父親。

李文育吃過飯照樣往床上一躺，仔細回味著自己來到這個世界的第一場手術，當他想到那些村民臉上不可思議的表情，自己的大嬸子充滿感激的目光，就感覺自己好像回到了原來的世界，感覺自己還是一個出色的外科醫生，感覺自己的理想與追求還是正確的。

救人承擔了很大的風險，如果失敗了，這條命就是他葬送的了。

還是醫生的時候，他就擅自接受過很多治癒率很小的病人，爲了這件事情被院長批評過多次，李文育畢竟是一個人，不是醫神。

那些個別沒有救過來的患者親屬也不理解，為此李文育吃了不少官司，但他不後悔，救人是他的本分。

很多人都說李文育傻，但更多的人還是佩服李文育，因為李文育做了他們不敢做的事情。

晚上父親來到李文育的屋子問道：「你要是下定決心複讀，爸就答應你，自己的路自己走下去吧，爸這回是看出來了，你要是念醫科大學的話，一定有出息得多。」

在複讀的一年中，李文育非常用功，簡直到了廢寢忘食的地步。他發現自己忘記的課程很多，想要考上最好的醫科大學，並不是想像得那麼容易，除了生物、英語、語文，其他的基本都要重新學習。

李文育在複讀之前就是一個功課很好的學生，特別是英語、生物這兩門學科，所有的英文老師和生物老師都不如他。

開玩笑，美國哈佛醫學院的博士，英文和生物怎麼會差勁？不過，為了照顧大多數同學的情緒，李文育儘量低調。他不想引起太多的注意，只要平靜地考上最好的醫學院，儘快畢業當醫生。

弟弟李豪也考上了高中，李文育學習的時候經常帶上弟弟，順便給他講一些知識。弟弟也很爭氣，功課也相當優秀。

在李文育用功學習的時候，卻聽到一個讓他愧疚一輩子的消息。

「你姐嫁人了！」父親說出了一句讓李文育不敢相信的話。

李文育覺得非常奇怪，別人家嫁女兒，都是興高采烈的，可爲什麼父母看起來反倒有一種淡淡的憂愁。

他想起了姐姐那天說，讓他不要擔心學費的問題，當時李文育覺得不過是一些安慰的話。可是現在他有點明白了，又不知道如何去面對。

日子就這樣一天天過去了，轉眼已經快一年了，李文育發現，自己的適應能力超強，漸漸適應了一切，包括李傑這個俗氣的名字。

他同時也發現，在這個世界考大學，也不是當初自己考大學那樣艱難，第一，自己考大學那時候，考生眾多，而這個世界考生就那麼一點點；第二，自己的那個世界，考大學的專業是由學校來定的，而現在想考哪個就考哪個，一次還可以選好幾個。於是，原來的李文育醫生，現在的李傑同學，毫不猶豫地選擇了最好的醫科大學。

當然，他的成績也是完全可以的，在高考前的模擬考試上，李文育每次都是第一，他甚至可以控制自己的分數，想得多少分就得多少分。這可是要把整個卷子的題目全部弄通了，才可以做到的！

轉眼到了發佈成績的日子。

「李傑，李傑，你的分數下來了，你簡直太棒了，考了學校第一啊！還是省第一名！」當分數下來的時候，一位同學非常羨慕地通報了這個好消息。李傑只是微笑著，成績早在他計算內，他也知道這是自己偉大計畫的第一步，卻是最容易的一步而已。

「李傑，以你那麼高的分數，想上哪所大學啊？」一位同學興奮地說。

「我想填報一個醫學類的大學。」李傑可不想把自己的偉大目標提前透露了，他只是淡淡地回了一句。對於出國，他沒有興趣，國外並不是什麼好地方，他不喜歡。

當李傑回到家的時候，發現母親比以前顯得更加蒼老，李文育感覺對不起父母，如果沒有複讀的話，他就可以幫父母幹活了，他們也不用那麼勞累。

從那天後，李文育就出去打工了，他在縣城裏給人做家教，因爲他是省狀元，所以收入不菲。兩個月的工資足夠他一年的伙食費了，當然前提是得精打細算。

他本來可以去大城市，也許賺得更多，但是李傑還是選擇留在縣城，因爲父母總是想多見見他，而且夏天農活也不少，他回家可以幫忙幹幹活，減輕對父母的負罪感。

一個月後，不出李傑所料，醫科大學的錄取通知書下來了。這個消息再一次使小山村沸騰起來，那些在暗地裏說閒話的嘴，也都識時務地閉上了。李傑看著一家人思緒萬千。在來到這個世界一年多的時間裏，他和他們一起歡笑，一起痛苦。當然，他在家裏困難時所做出的決定，也得到了他們的支持。

讓父母感到更加高興的是，由於李傑的成績突出，縣裏決定獎勵他一年的學費，他所複讀的高中爲了激勵學生也給他獎勵了一筆錢，這些錢雖然不多，卻是解了燃眉之急，再加上放假做家教的錢，就不用擔心大學第一年的花銷了。

李傑因此到各學校去演講，說了一些很漂亮的官方語言。雖然他有些反感，但是看在錢的面子上，也就忍了。

又過了一個月，學校開學了，李傑告別了父母姐弟，揣著父母積攢的生活費，踏上了南下的火車。

李傑在來到這個世界後，一直都住在小山村裏，到過最遠的地方不過是縣城的高中。他曾經仔細分析發展的程度，這個世界跟自己的那個世界八十年代末期很相似，他那時候不過是個十幾歲的孩子，什麼都不知道，所以現在也沒有什麼優勢，這也是他想繼續做醫生的原因。

李傑安靜地坐在車上，聽著火車輪與鐵軌的撞擊聲，看著窗外飛快後退的景物，感覺這一切真是太不可思議了，他還記得，當他還是李文育的時候，也是一個人去上大學。看著窗外的景物，聽著火車飛馳的聲音。因爲是學生開學的高峰期，整個車廂裏基本都是學生和他們的父母，唯獨他是一個人，這次依舊如此。兩次上大學都是學醫學，也許唯一不同的就是心情吧！

那一次上大學，他也挺激動，但更多是對所學專業的不滿。而這一次呢？說不出來，也許是背負了家人太多的寄託吧！

李傑所在的城市是國家的首都，發達程度超出了他的預計，到處是高聳的摩天樓，穿插的立交橋，繁忙的車輛，讓他這個路盲吃了不少苦頭，終於在交警的幫助下到了學校附近。可惜沒有交警指路，他也沒有找到學校的具體位置。

「對不起，問一下這個學校怎麼走？」李傑拿著錄取通知書向一個行人問，他真是搞不懂，大學的名字怎麼就這麼拗口呢，叫什麼「中華醫科高等職業專業研修院」？如果叫「中華醫科大學」多好！多麼氣派！多麼拉風！

不過這個學校真有實力，所以不在乎名字，不像二十一世紀的大學，隨便一個都是ＸＸ科技大學、ＸＸ理工大學，要麼就是弄個有代表性的地方做名字。

「今年的新生啊？」一個看起來很和藹的老者一臉慈祥地問道。

「對，對，那您知道怎麼走嗎？」李傑背著一個大大的帆布行李袋，一看就知道是山村裏來的學生。

「正好，我也有事要去，我領你去吧。」老者看著李傑滿臉的汗水，遞給他一張面紙。

「謝謝您，您要不帶我去，估計我也找不到，我天生就對路不敏感，就算看地圖也經常找不到！實在太感謝您了。」李傑感謝道。

「怎麼會不記路呢？」老頭和藹地笑道。

「就是血管和神經太多了，我的腦袋都用來記它們了，滿腦子都是血管神經，頭腦中再也記不住其他的了！」李傑笑道。

老者領李傑走進了大學，在這個他曾經仰視過、後來又超越了的大學，開始了大學生活。

大學生活在李文育的記憶中是無比幸福愜意的。他還清楚地記得在那個世界的大學時光，越是在社會上混得艱難，越是懷念，誰知道天意弄人，他竟然又回來了！

中華研修院是國內頂尖的醫學高校，以學風自由而聞名。這也是李文育選這裏上學的原因，對於他來說，上大學最大的目的是混個文憑，其次就是再享受一下大學的生活，順便再學習一些忘記的基礎知識。

李文育，不，從此他是李傑。李傑是一個外向的人，在學校裏很活躍，僅僅是軍訓十來天的時間，整個臨床醫學系的學生沒有不認識他。可惜李傑的腦袋除了記憶人體內部血管神經等醫學內容外，其他的東西都記不住。但是他也有一套自己的辦法，就是記住人們的醫學資料，比如體重。作爲醫生的他，只需要看一眼就可以估計出病人的體重，誤差不會超過一公斤。或者記三圍，作爲色狼的他，只需要看一眼就可以猜測出美女的三圍，誤差絕對沒有！

大學的條件很好，各種設施也很全面。特別是圖書館是他最喜歡的地方，這裏不僅僅包含中文的醫學書籍，還囊括了世界各地的最新研究成果，這對於李傑來說是最好不過了，以他的知識面來說，在國內恐怕沒有人能比，就是在國際上恐怕也沒有誰比得上他，畢竟他所在的世界要比這裏發達二十年。

這天，李傑和平時一樣，穿著校服，雙手插在褲子口袋裏在圖書館轉悠，他的同班同學正在教室裏上課。

「這也不能全怪我，誰讓老師講的都是我十分熟悉的內容啊！」這就是李傑給自己蹺課找的理由。

剛上課的前兩天，李傑還耐著性子聽了幾天，不過他發現，坐在教室裏聽老師講那些早已爛熟於心的知識，是對自己非常不人道的折磨，更是對授課老師的極大不尊重。本來他還打算好好復習一下基礎內容，誰知道老師講課實在是太慢了，簡直是浪費時間，節約時間最好的方法就是看書，自己看書！

爲了不在老師的眼皮子底下打瞌睡，李傑秉持著讓老師眼不見心不煩的想法，開始頻頻蹺課。

俗話說得好：在家靠父母，出門靠朋友。同學中，李傑能叫得出名字的人不多，其中有兩個好朋友：王猛和張強，都是他一個寢室的兄弟。李傑跟他們最談得來，每天晚上都是夜間討論的開始，上至天文，下至地理，國家大事，經濟縱橫！

他們兩個經常被李傑唬得一愣一愣的，畢竟李傑是網路時代的人，他在網上看到網友們的精彩評論，肯定不是這個時代大一新生能想出來的！

於是，這兩位同學對李傑的崇拜簡直到了極點，寢室其他的幾個人也覺得李傑當醫生太可惜了，他當領導是最好不過！

這個學校畢竟是國內頂尖的大學，雖然很自由，但不是讓學生放縱，所以每節課都有人點名，每次李傑蹺課的時候，就靠王猛、張強兩個小弟頂著，開始他們還害怕被發現，但經過李傑暴力的教導才乖乖聽話。

李傑不禁感歎，大一的新生果然很單純啊，戀愛都是地下進行，蹺課基本沒有，上課睡覺是要受罰的。

李傑蹺課頻頻，王猛和張強在給李傑頂了幾次點名後，班長于若然實在看不下去了，出於責任，她決定拯救這個迷途的羔羊，於是偷偷地告訴了老師。

老師很是憤怒，於是一次隨堂問答時，把他們三個「非常湊巧」地都叫起來，這下可難辦了，幸虧王猛反應快，說李傑生病沒有來，老師當然知道他這是撒謊，讓李傑病好以後到辦公室來一趟。

李傑只得老大不情願地去了老師辦公室，被富有正義感和責任感的老師教訓了一個下午，這讓李傑差點發瘋，更讓他發瘋的是，竟然是班長告的密。經過這次事件後，李傑氣得牙都癢了，他現在連班長是誰都不知道，因爲選班長的時候他跑掉了。李傑自認爲與班長既無新仇，也無舊恨，爲什麼她要告狀呢？難道這麼富有正義感麼？又或者是羨慕李傑玉樹臨風？

第三劑

美女老師的單獨輔導作業

「這些資料你拿回去看看，後面有一些問題需要做出合理的解答，
最後還要寫一篇關於這個資料的論文！儘快交給我，陸教授急著用！」
石清抱來一疊紙張，看著滿頭大汗的李傑說道。
李傑看著一疊紙，額頭上的汗越發多了起來：
「為什麼讓我來做啊？我明明看到他給你的！」
「讓你整理，你就乖乖地整理，問那麼多幹什麼？」
看來石清的火氣一時半會兒是消不下去了。

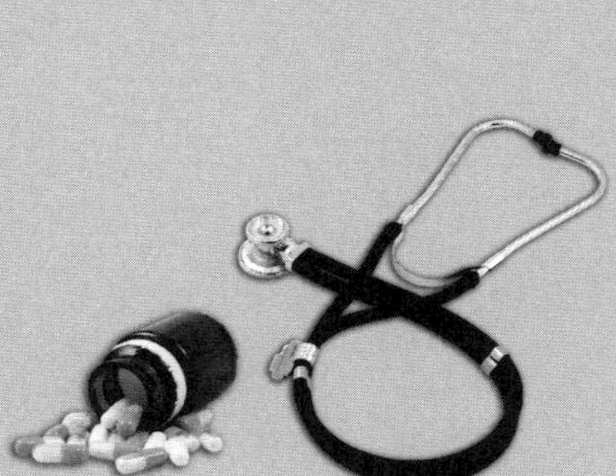

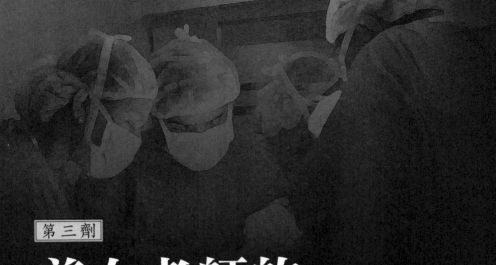

經過這件事以後，李傑基本不蹺課了，他提前去圖書館借書，然後帶回教室去看，教室那麼大，老師也不知道他看的是什麼。

李傑上完一天課，感覺腰酸背痛，教室果然沒有圖書館舒服啊！圖書館那麼大的桌子，還可以睡覺，課堂上卻不行，還不能亂動。

下課後，李傑拒絕了王猛和張強打籃球的邀請，他還要去圖書館找找明天上課要看的書，學醫的學生真是痛苦，課程那麼多！

「這本書不錯，咱就勉爲其難地拿來看看，看看能不能比得上咱的手法。」李傑自言自語地拿起一本外文期刊，走到桌邊，挑了個有冷風吹的位置，又選了一個讓自己舒服的姿勢看了起來。

由於這是頂尖的醫科大學，很注重與國外的交流，醫學類的外文書也就特別多。李傑在圖書館混了也將近半個月了，對這個時代的醫療水準也有了一定的瞭解，他發現國內的醫療水準和世界頂尖水準還是有一定差距的，特別是在臨床應用上差距很大，而在理論基礎上可以說是達到了世界先進水準。李傑看書是要瞭解這個時代醫學科技的進展，以便在以後能夠更好地掌控全局。

很湊巧，這天，李傑的班長大人于若然也來到圖書館，一下子就看到了李傑，因爲李傑以一種非常舒服、非常囂張、非常不雅觀的姿勢坐在一個顯眼的位置上，一邊看書還一邊比劃著，在于若然看來，跟看武俠小說走火入魔了差不多！

李傑正看在興頭上，忽然感覺讓自己非常舒服的冷風沒了，扭過頭發現班長大人正雙手叉腰，氣呼呼地盯著自己。李傑終於知道爲什麼剛才感覺牙癢癢了，原來是大仇人出現了，上次告密，自己還沒有去找她麻煩，這次竟然送上門來了！

「李傑，對不起，上次是我跟老師說的，我也是爲你好，我想我們每個大學生都應該好好學習，做一個有用的人！」

李傑隨口說道：「八十六，六十三，八十六……」于若然還沒有反應過來，他已經轉過頭繼續看書了，他有些害怕，自己的毛病又來了，竟然不小心把她的數字說了出來。本來上次被抓了以後，他還不知道班長是誰，第二天上課的時候，張強給他指出于若然，但李傑不知道她的名字，於是按照習慣用三圍來當名字，平時都是跟寢室的兄弟們聊天的時候叫這個名字，這次竟然脫口說了出來！

他只能裝作繼續看書。班長一看就是個傳統的女生，一個被嚴格教育出來的孩子，要不然怎麼能說出「做一個有用的人」這種小孩子才相信的話呢？如果自己說出她的三圍，她會怎麼樣？

不過，李傑認爲這個學校的女生中，數班長于若然最漂亮，身材也最霸道！按寢室兄弟們的話來說：「本班的女生多是歪瓜劣棗，只有我們的班長大人，那簡直就是女神一般的存在啊，她的存在使我們班女生的平均素質提高了不止一個水準。」

李傑偷偷看了一下于若然，發現她的臉已經紅了，先是害羞，接著有發怒的傾向，於是趕緊道歉。

于若然本來對李傑就沒有什麼好感，但是從小受到愛國主義教育、有著服務於人民思想的她，還是決定幫助落後的李傑。

「你爲什麼不愛學習呢？不是蹺課就是上課看別的書！難道你不知道這學習的機會是多麼來之不易啊！」她故意避開了李傑的流氓話語，選擇了用偉大思想來教育他。

「班長姐姐，我錯了，我看的不也是醫學書籍嗎？我向你們保證，我絕對熱愛學習，熱愛國家！好了，我要看書了，要好好學習爲人民服務。班長大人，麻煩你別打擾我好嗎？」李傑也不想和班長多說，雖然于若然很漂亮，可不是李傑所喜歡的類型，這樣的一個先進的女幹部模樣的女人，李傑可吃不消！

現在于若然沒有辦法了，他就安安靜靜地埋頭看那本好不容易找到的外文期刊。

于若然看李傑不理她了，只能坐在一邊，心裏那個氣啊，可是又沒處撒。她實在不明白李傑怎麼這樣呢?怎麼被資本主義思想污染得這麼嚴重呢?

「靠,這也太假了吧?不看了,不看了。」李傑沒看幾頁便小聲罵著。這本書是好不容易盼來的,本來早就到圖書館了,但是學校的老師卻比李傑早一步拿到書,李傑等了好多天才看到,結果卻讓他失望極了:「這本破書寫的都是什麼啊,回去睡覺!」

李傑說完把伸進桌子抽屜的腳頗爲費力地抽出來,一搖三晃地把書往書架上一扔,晃晃悠悠地走出了圖書館。

于若然見李傑走了出去,便走到書架跟前,拿起他剛才看的那本書,想知道李傑是不是真的在看醫學類書籍。只看了一下書名,她就覺得這個世界真是太瘋狂了,書名很簡單,只有一個外文單詞「Lancet」,翻譯過來就是《柳葉刀》。翻了幾頁,只見書上有幾個病案被橫七豎八的筆跡劃得很亂,個別地方還用粗線圈起來,旁邊是讓人看了就頭大的字跡。她隨即想起李傑剛才拿筆亂劃來著,這肯定是他的傑作,於是心中對他的鄙視不由又多了幾分。

然而讓于若然感到不可思議的是,這本「Lancet」是用英文寫的,如果不看其中的插圖,根本看不出是本關於醫學類的書籍,于若然徹底傻眼了,捧著書不知是放回去,還是拿著書去問李傑。她覺得李傑還真有點琢磨不透,只是剛開學的時候見過他上課,就上了幾節,可是他好像什麼都知道,這個男生的學習方法也太過於詭異了,難道他真的看懂了這本書？或者是他根本就看不懂，是在裝蒜？

于若然想去問問究竟怎麼回事，但李傑已經走遠了，她又是一個有點傳統的女孩子，不好意思去寢室找，於是決定明天再來圖書館好好觀察一下，看看他究竟是一個什麼樣的男生。

第二天，李傑像往常一樣很早起來晨跑，其實沒有什麼目的，就是想增強一下運動細胞，天知道爲什麼這麼倒楣，從李文育變成李傑以後，運動細胞就急速退化。他還是李文育的時候，雖然體育一般，但比現在要好多了，至少不會跑步的時候跌倒。

當然，早起跑步也可以看看學校的漂亮美眉，通常操場上跑步的美眉很多，李傑總感覺有人在盯著他。不過他認爲，像自己這麼拉風的男人，有女人盯著也是很正常的！當然，「拉風」只是李傑自己的想法而已。

「傑子，咱們的班長大人在盯著你呢！」吃飯的時候，同宿舍的哥們王猛打趣道。

「哦，那你去幫我問問，她是迷戀我的風華絕代呢，還是癡迷於本公子的無雙美貌啊？更或許是本公子的驚世才華俘獲了她的芳心？」李傑頭也沒抬地說，他根本不信王猛的話，王猛最喜歡無中生有，沒事找事，屬於無聊耍人開心。

「傑子，我說的是真的，不信你自己看看！」王猛不死心地來了一句。

「我才懶得和你說。」說完，李傑就和午餐開始對戰：「不管在哪個時代，學校的食堂還是一樣差啊！」

嘴裏嘟囔了一句，還是把飯菜消滅乾淨了，差歸差，還是要吃的，誰讓他那麼窮？

下午沒有課，李傑早在中午的時候，就已經在圖書館中佔據了有利地形，也就是那個有冷風的座位！計畫在圖書館裏泡一個下午，他找到了一本好書，本來這本書和《柳葉刀》一樣，都是教授們看的，但是這次他有經驗了，搶先一步借到手了。不知道是哪個教授看到這本書，肯定要氣死的！因爲李傑看過的書通常都不是那麼乾淨，上面除了注釋，還有他畫的漫畫。

在李傑開始享受慵懶的下午時光的時候，美女班長于若然就在離他不遠的地方，像做賊一樣拿本書遮著大半張臉，偷偷看著不遠處的李傑。李傑此刻還是那種慵懶的姿勢，他把腳伸到桌艙裏，一邊看書一邊比劃。

其實李傑看似在用功看書，沒事的時候還是會掃一眼圖書館的，這個也是他大學時候的毛病，圖書館和晨跑的操場，都是美女出沒的地方啊！

哇！美女！李傑心中暗暗驚呼。他一眼就發現了在不遠處，有一個美女正躲在一本大書的後面！

正當李傑把腳從書桌裏抽出來，準備過去和美女打招呼的時候，他發現那本擋著美女的大書移開了，書後面是班長于若然的臉！

看著偷偷摸摸做賊一樣的美女班長，看著那雙賊溜溜的眼睛，李傑差點摔個四仰八叉，因爲美女班長的眼神就像獵人盯著獵物的眼神。李傑穩住了身體沒有摔倒，皺了皺眉頭，一個大尾巴狼似的笑容漸漸地爬上了他的嘴角。

于若然發現李傑正在看她，趕緊用書擋住，心想別過來，別過來，你看不見我，你看不見我。可惜她沒有特異功能！

看著美女班長裝模作樣，李傑準備逗逗她，於是朝著于若然走過去，從她的呼吸頻率看得出她很緊張。李傑邪邪地一笑，從于若然身邊路過，向書架走去。

于若然在李傑走過來的時候，緊張地把眼睛閉上了。等她睜開眼睛的時候，看見李傑把書放回書架後，又向最後一排書架走去。于若然見狀，趕忙跟上。

李傑見美女班長跟上來了，心裏甭提多興奮了，暗想：「哈哈，迷途的小羔羊，今天可是你自己送上門來的，那就別怪我手下無情了！讓我來拯救你吧！」

于若然跟在李傑後面，轉過一個書架，走向最裏面一排書架，看著那個昏暗的角落，她心裏冷不防地打了個哆嗦，不知道爲什麼想起了很多電視劇中的犯罪情節。不過，內心的恐懼最終沒能戰勝強大的好奇心，於是，她輕手輕腳地跟了過去。

「咦？怎麼不見了啊？剛才明明看見他走到這裏的啊！」美女班長于若然發現最後一排書架和牆壁之間空無一人，不由心想，莫非李傑飛了不成？

心有不甘的她決定仔細看看，作爲堅定的唯物主義者，她堅信事實。

當走到走廊深處的時候，忽然聽到背後傳來「碰」的一聲，美女班長回頭一看，發現李傑正努力地把一本書從書架上取下來，眼睛此時正在自己身上很不友好地掃來掃去。

于若然覺得冷氣一下子從腳底直接衝上了頭頂，背上在一瞬間爬滿了冷汗。李傑實在太大膽了，對女孩子竟然敢這麼毫無顧忌地看來看去。

「不知班長大人來到這裏有何貴幹？」李傑把書從架子上抽出來，冷笑道。

李傑笑得很陰險，很淫蕩。于若然感覺自己就是一隻無力的小羔羊，而李傑就是一隻變態的大尾巴狼。

「我……」于若然半天沒有說出話來，她覺得自己快要站不住了。

「你別告訴我，你是過來取書的！這裏全是德文的醫學書籍，如果你會德文的話，那你就用德文喊一句救命我聽聽！」李傑手裏拿著一本厚書，嘴角掛著不太友好的笑容，向美女班長走了過來。

李傑這一招可把于若然嚇得花容失色，嘴唇都白了，腿還不住地哆嗦。她不知道李傑想幹什麼，感覺他笑容不像要幹好事，她本能地閉上了眼睛。

她能感覺到李傑在慢慢地接近，能感覺到李傑的呼吸聲……

就在李傑靠得越來越近的時候，突然又是「碰」的一聲，似乎發生了很強烈的撞擊，美女班長用了十二分的勇氣睜開眼睛，發現李傑正揮舞著那本厚得足以把人砸暈的書，正在書架上十分用力地拍著，還咬牙切齒地哼哼。

「死了吧，叫你下回再來煩我。」李傑得意地看著地上一隻小強的屍體，一副報了血海深仇的樣子，然後走向了書架的另一頭，把書放回原位後便離開了。

「喂，班長大人，」于若然以為李傑已經離開的時候，李傑又轉身回來打了個招呼，差一點把于若然的魂嚇出來。

「你……你……」美女班長的舌頭都不聽使喚了。

「什麼你，你，你，我，我，我的，我只想跟你說一聲，你痛經的時候不要再做像今天早上的劇烈活動了！對身體不好！」李傑說了這麼一句話，還用美女班長能覺察到的目光掃了一下她的小腹，就大搖大擺地離開了，只留下美女班長一個人在那裏，過了半天，她還能感覺到自己的臉發燙，這麼秘密的事情，怎麼讓李傑這個流氓知道了？

經過昨天的事情，李傑覺得自己應該盡點醫生的責任，也應該盡同學的責任，於是，第二天讓全班同學感到驚奇的是，李傑這個課堂上的稀客早早就來上課了。

李傑閒庭信步地走到美女班長于若然的身邊，遞給她一張紙條。于若然則沒有李傑那麼自然，她的臉紅到了脖子根，低著頭不說話。

李傑送完字條，旁若無人地走出了教室。他又準備不上課了，因爲他覺得美女班長于若然不敢再告狀了。

晚上，李傑哼著小曲，晃晃悠悠地從圖書館走回寢室。剛剛進門就被寢室的兄弟們圍住了，接著就被按住，然後慘遭大刑！

「請問李傑同學，你今天都幹了些什麼？」李傑遭到了王猛的審訊。

「沒什麼啊？今天也就是去圖書館看看書，然後去實驗室看別人做實驗啊！」

「他不說實話！」王猛回頭看了一眼坐在床邊的張強。

張強把手中的皮帶拍得山響：「不說實話？李傑，看來你是不想讓哥們幫你頂課了啊？沒有什麼，美女班長會臉紅？」

「我說，我說。」頂課這句話真是刺到了李傑的軟肋，「不知兩位仁兄都想知道些什麼啊？我知道的一定會告訴二位，我不知道的，會編一個讓二位滿意的答案！」

「好，看你那誠懇的態度，我就勉爲其難地提示你一下。」張強向王猛使了一個眼色。

「我告訴你，李傑同學，你今天早上的行爲，已經深深地讓我們感到迷惑，說，你給我們敬愛的美女班長大人都寫了些什麼？難道你不知道美麗的班長于若然是我們的精神支柱麼？你難道想玷污我們心中的女神？你要毀掉我們的動力源泉嗎？」王猛給李傑一個異常兇狠的眼神。

「我實話告訴二位吧，那是一張藥方！她病了，我給她弄的藥方！快放了我吧！」李傑這才恍然大悟自己爲什麼會落得如此下場。

「藥方？開什麼玩笑，鬼才信你！」兩位「狐朋狗友」異口同聲地說道。

「是一張治痛經的藥方！」李傑如實地告訴了兩個好兄弟。

「痛經？你怎麼知道的？你難道玷污了我們心中的女神？」

「沒有，沒有！我最近看書發現了診斷痛經的方法，正好她痛經，我就看出來了！」李傑的回答顯得非常誠實。

「這不可能！看來你是沒有說實話啊！」張強也開始懷疑李傑的誠實。

「二位，皇天在上，我李傑說的每一句都是真的啊！」李傑開始了自己無用的抵抗。

「告訴你，抵抗是徒勞的，撒謊是可恥的，今兒你要是不給兄弟一個合理的解釋，你就在凳子上睡一個晚上吧！」張強對李傑下達了最後的通牒。

「我們對你的如上回答非常的不滿意，你一定要說出一個讓我們滿意的答案！」王猛在一旁添油加醋的說道。

最後，李傑只得編了一個「情書」的藉口，來獲得自己的睡覺時間。不過，李傑的這個藉口，讓這兩位「狐朋狗友」顯得無比悲憤，但他們很快化悲憤為食欲，狠狠的敲詐了李傑一頓，接著他們異常興奮的討論了李傑的終身大事。

於是，在李傑的兩位「狐朋狗友」的宣傳下，李傑從「翹課王子」搖身一變，就變成了「美女班長的首任緋聞男友」。

李傑對於這個稱號非常不滿意，照他自己的想法，稱呼的主角也得是自己啊，美女班長的稱呼則要變成「蹺課王子的首任緋聞女友」。不過，李傑的呼籲和吶喊都是徒勞的，他對此毫無辦法，只得默默地接受了這個讓自己不舒服的稱號。

李傑在獲得了這個稱號後，依然我行我素，一天到晚混跡於圖書館，間或偶爾客串一下實驗室的旁聽生角色。

當然，班長已經不敢來騷擾李傑了，這個年代的人都比較靦腆，不像後世的孩子。不過，緋聞男友的稱號已經成了李傑的擋箭牌！

眼看上課已經幾周了，李傑終於盼來了實驗課，他上大學一個很重要的目的就是通過實驗、器械訓練來恢復自己拿手術刀的感覺。

「今天是同學們第一次進實驗室，我在這裏給大家強調一下，實驗室的器械不要亂動……」

李傑穿著一身實驗服，雙手插在口袋裏，看著講台上講解實驗器械的老師，無聊地想著：「我還以爲這節課可以動手了，沒想到還是在這裏聽早就用過無數遍的器械使用方法啊！切，真是無聊死了。」

過了大半節課，讓李傑感到十分無聊的基本器械講解終於將完了，他在心中長長地舒了一口氣，然後異常熟練地開始了自己的操作。

在老師和全班同學驚異的目光中，李傑以不可思議的速度完成了實驗，然後就開始無所事事了。他心中有點得意，雖然身體協調能力還是沒有以前好，手上的感覺也一般，但是速度還是那麼快，哈哈！

「反正也是無事可做，倒不如去其他實驗室旁聽一下，順便再學習學習！」李傑秉承著這樣的想法，不顧別的同學驚奇的眼神，趁著實驗老師不注意的時候，偷偷地溜了出來。

他找了一個高年級的實驗室鑽了進去，由於是戴著口罩，這些高年級的學長學姐也沒有注意到。於是，李傑趁機跑到一個沒有人的實驗台上，跟著做了一遍實驗。

與此同時，李傑所在班級的實驗室裏，老師開始點名，在她點到李傑的時候發現沒有人應，而李傑的兩個兄弟也很疑惑：這個小子明明來了，怎麼會不見了呢？

李傑的蹺課，讓老師十分生氣，當他美滋滋地聽完高年級的課，晃晃悠悠地回到實驗室時，老師不是一般地生氣，這讓李傑感到事情非常嚴重。

「李傑，你幹什麼去了，不好好地在實驗室待著！」看來實驗老師對這個私自溜出去的學生沒有什麼好感。

「我……我去……」李傑努力地找一個不會讓老師起疑心的理由。

「什麼我、我的，在你編好理由之前，我們已經下課了！」看來老師對李傑的想法是一清二楚。

於是，在實驗老師無比強大的威懾之下，李傑識趣地閉上了嘴巴。

「李傑，下了實驗課以後，你最好一個人留下！」實驗老師看著李傑沮喪的表情，下了一個不容否定的命令。

「好的！」李傑覺得自己明天出門之前有必要看一下黃曆。

「你給我好好說說，你今天溜出實驗室幹什麼去了！」等到實驗室的人都走完了以後，老師開始了對李傑的盤問。

「沒有幹什麼啊！」看來李傑還是沒有深切地認識到「坦白從寬，新疆搬磚；抗拒從嚴，回家過年」這句話的意思。

「看來你是不肯說實話啊！」看著李傑一副死豬不怕開水燙的架勢，老師的語氣變得嚴肅起來。

「我真的什麼也沒幹啊！」李傑裝作無辜地喊道。

「不管你是出於什麼原因，從事實來講，你偷偷地從我的課堂上溜了出去。」實驗老師說出了李傑無法辯駁的事實。

「嗯，這倒是個事實！」李傑無法否定這個鐵證，「誰讓你講得那麼無聊啊，況且我已經把實驗做完了啊，你不能讓我一直無聊地待著吧！」李傑小聲地嘟囔了一句。

「那好，既然你已經承認了，這件事就好辦了！」實驗老師彷彿沒有聽見李傑的抱怨，說道。

李傑看著實驗老師彷彿心中石頭落定的樣子，感到大惑不解，又有點大難臨頭的預感。

「從現在開始，只要是我的實驗課，你就得每次留下來。」實驗老師用一種不可置否的語氣要求，「留下來打掃衛生！」

李傑向著老師離開的方向，非常用力地把中指豎了起來。不過事情還是要做的，他只得拿起衛生工具，賣力地掃了起來。

「李傑，你這是在做什麼啊？」當老師再次出現在李傑面前的時候，再一次咆哮起來。

「打掃衛生有必要這麼複雜嗎？」實驗老師看著幾乎和手術室一樣乾淨的實驗室問。

「當然有必要了啊！老師，你想想，我們做實驗，不單單是做實驗，在做實驗的同時也要養成良好的衛生習慣。這樣，在以後的學習和工作中才能更加注意到這一點，我們雖然是在做實驗，但是，我們要把每一次實驗都要當做正規的手術來做……」李傑說明自己這樣做的目的。

實驗老師看著打掃過的實驗室，覺得自己再次走進實驗室，都不好意思不按照正規手術前的操作準備。

「我現在這個樣子怎麼進去啊？」石清一臉無奈地看著實驗室，「這簡直就是手術室的清潔標準嘛！」

石清開始覺得，李傑也有點太奇怪了，不僅實驗做得好，還知道手術室的清潔方法，簡直就不像是一個大一新生。

轉眼幾周過去了，李傑這段時間過得比較平淡，每天都是有規律地上課，在圖書館看書，上實驗課的時候也老實多了，因爲他怕被懲罰。

「好了，下面我們開始做實驗，我想看看大家最快的實驗速度是多少，你們要用最快的方法來完成這個實驗，實驗一定要做正確，這將是檢驗你們的一個重要考核！」石清說道。

「老師，實驗器械有沒有經過消毒啊？」李傑老老實實地問出了自己想問的問題。

「這個……」石清不知該回答「已經消過毒了」，還是「只是做了常規清洗」。當她想到李傑打掃衛生的認真勁兒，便如實地回答：「還沒有經過消毒，只是做了常規的清洗。」

李傑聽到這句話，一把抄起面前的手術器械，一溜煙地跑進了旁邊的實驗準備室。全班同學都聽見一陣響動，過了近二十分鐘，李傑才拿著用紗布裹著的實驗器械走了出來。

石清看到了從來沒有看見過的景象，李傑簡直是「迅雷不及掩耳之勢，動作如吃飯穿衣一般嫺熟，結果又無比精確」地完成了這次實驗。這是石清對李傑的實驗的定義，看得她都忘了記錄時間。

「老師，我做完了，時間是多少啊？」李傑看著有點癡呆的石清，好奇地詢問。

「哦，哦，」石清這才想起要記錄每一個學生的實驗時間，她抬頭看了一眼掛在牆上的表，也不由得讚歎道：「是三十分鐘，李傑，你做得還不錯嘛！」

「還是有點慢啊！」李傑在心裏默默地減去了消毒器械和雙手消毒的時間後，不由小聲地說了一句。他看著自己的左手並不斷活動著，心裏想著如何才能讓左手變得像原來那樣靈活。如果同學們知道，李傑原來做類似的手術只用了不到十分鐘，非瘋了不可。

實驗結束後，李傑理所當然地留了下來，繼續打掃衛生。像往常一樣，對實驗室進行了全方位的清潔消毒。

就在李傑把清潔和消毒工作做完，打算離開的時候，看見一個教授，他趕緊把實驗室的門鎖好，快步跑向了教授。

「老師，上次我上您的實驗課，還有幾個問題不太懂，麻煩您幫我看一下。」李傑用十分客氣的語氣詢問。

教授雖然不認識李傑，但是很樂於回答他的問題，這在學校是很自然的事情，學校裏有很多旁聽的學生，可能是別系的，還可能是別的學校的，甚至可能是社會上的人，老師對旁聽生沒有歧視，反而十分喜歡他們學習的勁頭。

李傑問了幾個在實驗過程中遇到的問題，讓教授大爲感歎，自己教了那麼多學生，沒有一個能提出這麼深奧的問題，反而是一個外班學生提出來了。

教授仔仔細細地回答問題，最後說明了幾個實驗中常見的注意事項，覺得這是一個勤奮好學的學生，如果能堅持，一定能成爲出色的醫生。

李傑在聽完解答後，深深鞠了一躬表示感謝。這個實驗是關於製藥的，藥學是李傑的弱項，或者說是基本不會，他只是臨床外科醫生。不過，李傑現在有很充足的時間，他已經決定把弱項也好好學習一下，雖然外科依然是他的主業，但是他覺得以後肯定有機會用上製藥。

李傑現在上課的次數少得可憐，除了實驗課，其他的課都蹺了。實驗課的時候他還是很認真的，雖然都是基礎的操作，但是李傑堅信，只有不斷練習，哪怕是基礎的東西，對自己的技術提升也是有幫助的。

這次實驗課，十分認真地聽完了老師的講解，緊接著又快速完成了實驗之後，李傑又像往常一樣偷偷地溜出了實驗室。他要去聽醫藥專業的實驗，他發現醫藥專業的教授很有才華，他對於製藥方面的興趣也很大。

當李傑偷偷地轉過教室拐角，打算去高年級的實驗室繼續觀摩學習的時候，他赫然發現石老師早已埋伏在此。

「我，我去上個廁所，馬上就回來！」李傑覺得在這位老師面前無法將謊話說得完美。

「我還有事找你，你快去快回！」石清冷冷地說道，顯然無視李傑的謊話。

李傑只得在廁所裏裝模作樣地轉了一圈，洗洗手後趕緊出來，他不知道石清老師找自己有什麼事情，老師可真凶啊！年紀輕輕的，怎麼跟母老虎一樣，天天白大褂，口罩加眼鏡，估計是學習學傻了，嫁不出去的老姑娘吧？

李傑出來的時候發現石清的口罩沒有了，同時把眼鏡摘了下來，正在輕輕地擦拭。沒有了口罩與眼鏡的遮蔽，石清秀美靚麗的面容馬上顯現了出來。看到美女，李傑感覺自己的心砰砰地亂跳，這是他喜歡的類型，高挑的身材，柔順的披肩長髮，清純的面容！可惜她現在是自己的老師，可惜他現在是李傑而不是李文育，更可惜的是這個老師對自己的印象太差了。

「石老師，請問有什麼事啊？」李傑儘量使自己的語氣聽起來比較平靜謙和，他可不想讓老師知道自己在意淫她。其實李傑也有點後悔，每次做實驗都沒有在實驗室待很長時間，否則早就發現這個美女了！應該是八十六，六十，八十六，比于若然還要豐滿成熟，李傑的口水都要出來了！

可是這個女人就是不說話，李傑心中氣啊！什麼人啊！要是自己還是李文育，估計一個小小的實驗老師看到他，得跟小護士一樣叫他老師，說不定還會被他搞定，叫他「哥哥」！

真是三十年河東，三十年河西！生活真是不容易，來到這個世界還要受這樣的窩囊氣！

石清領著李傑來到了一間辦公室門口，輕輕地敲了敲門，在裏面傳出一聲「進來」之後，才緩緩地推開了門，這是一間教授級別才能擁有的獨立辦公室，裏面的幾面牆都被挨著天花板的巨大書櫃所佔據，只有靠窗戶的那一面留有空間。在離窗戶不遠的地方放著一個辦公桌，桌前一個中年大叔正寫著些什麼。這位大叔可能是由於經常處於勞累狀態，將額頭的髮際都抓成了一個看起來十分誇張的「M」型。

石清沒有去打擾這個專注的M大叔，只是畢恭畢敬地站在書架旁，李傑不知道石老師為什麼這麼恭恭敬敬，但是秉承著看樣學樣的優良傳統，也在一旁站得筆直。

片刻之後，李傑的脖子和腦袋開始閒不住了，四下打量著這個自己也曾經擁有過的獨立辦公室，自己辦公室四周也是高大的書櫃，只是書櫃裏只有一部分裝書，大部分卻裝滿了奢侈生活的物證，而這個辦公室四周的大書櫃全部裝滿了醫學類書籍，有中文的，還有相當一部分是外文的。正當李傑環顧四周，感慨於M大叔的書櫃時，感覺腳背上傳來一陣十分劇烈的疼痛，他低頭一看，石清那纖纖玉足正在自己的腳背上肆意地蹂躪，李傑抬頭看著石清的臉，有衝過去將其暴打一頓的衝動。

「小石啊，你來找我有什麼事兒嗎？」M大叔從辦公桌前抬起頭，看見了石清和李傑。

「陸教授，這就是我給你說的李傑同學。」說完，石清指了指站在一旁的李傑。這個M大叔姓陸，名字叫做陸浩昌。

「哦，就是你啊！」陸浩昌在仔細打量了李傑一番後，驚喜地說道。

李傑這才認真地看著M大叔，這不就是自己那天問問題的教授嗎？他還記得這個老傢伙誇自己呢！剛才還想去偷聽他講課，沒有想到他竟然在這個辦公室裏。

「來，來，來，李傑啊，那天你提出的幾個問題都挺不錯的，很有見地！」說著，陸教授熱情地拉著李傑坐到了書架旁邊的椅子上，反而把石清晾在一邊。

石清這時是一頭霧水，她不明白陸教授怎麼會認識李傑，她原本還想推薦李傑，看來是不用了。這個一向以嚴肅著稱的教授，竟然對李傑如此熱情，看來他早就注意到李傑了，還非常看好他。

「小石，這就是我上次給你說的那個學生，他可不簡單啊，他提出的問題都是很有見地的，其中很多問題給我的啓發也很大啊！後生可畏啊！你也要加油，不能輸給學弟。」陸教授看著石清說道。

石清腦子裏第一個躥出來的想法就是：這不可能！他只是一個大一的學生啊！就算他是天才，也不能達到本科畢業生的程度啊！怎麼可能會提出能給教授啓發的問題？陸教授竟然還說自己不要輸給他？可能嗎？石清認爲陸教授太誇張了，李傑的確優秀，但是沒有到那種程度，而自己作爲學校裏最快讀完博士學位的學生，怎麼可能輸給他？

她扭頭看著李傑。李傑一臉小人得志的樣子，對石清報以十分淫蕩的微笑，意思就是：看！我比你厲害吧！這下你服氣了吧！這讓石清的怒火在一瞬間就達到最大値，不由握緊拳頭，恨不得立即衝上去來幾下子，好讓自己痛快痛快！她現在都有點後悔，爲什麼要把李傑推薦給陸教授呢？

當然，李傑也注意到了石清那握得緊緊的小拳頭，戲謔的表情慢慢地爬上了他的臉，一種報復的快感湧上心頭，不過他可不敢再放肆了，剛才踩腳的仇已經報了，也就不再多事了！

「陸教授，你這裏的書可真不少啊！」李傑由衷地讚歎道：「您這裏的書比圖書館好啊！您怎麼弄來的？」

聽著李傑的讚歎，陸昌浩不由得心裏美滋滋的。讚美的話誰都愛聽，陸教授當然也不例外。這些書都是他費盡心思弄來的，是國外的朋友同學幫忙買的，一般地方還真弄不到。

「一定也有不少是您寫的吧！」

李傑的話真是說到陸昌浩的心裏去了，於是在接下來的時間裏，李傑和陸浩昌兩個人侃侃而談，大有相見恨晚之意，聽得石清一臉的驚奇：二人年紀相差那麼大，也能說在一起？

在聊天時，李傑盡可能裝清純裝可愛，裝得像一個農村出來就知道學習的學生，因爲他曾經的經驗表明，對於這樣的學生，老師教授的時候通常不會保留，而且犯了錯誤也會原諒。

李傑對陸浩昌的吹捧讚美到了極點，同時也順帶著誇獎了石清幾句，意思就是說：名師出高徒，陸教授教出來的學生是不可多得的棟樑之才。而自己要以石清師姐爲榜樣，努力進取。其實他當時想得更多的是：以漂亮的石清師姐爲目標，努力追求！

當然他不是傻子，石清以後還是帶實驗課，他可不想得罪她，李傑誇石清的話雖然是明顯的馬屁，但是石清聽了還是很高興，臉上烏雲散去，又見陽光。

聊了一會兒，陸浩昌瞭解了李傑的一些情況後，給了他一些鼓勵。時間差不多了，陸教授因爲有事情離開，臨走時交給石清一些文件，又囑咐了幾句話。

走出辦公室，石清覺得背後有點不太正常，一回頭看見了李傑那副色瞇瞇的嘴臉，一瞬間，石清的怒火又上來了。

於是，李傑又開始擔當實驗室清潔員的工作。他心裏的怨恨啊，本來以爲這個工作不用幹了，誰知道還要繼續，自己不過意淫了她一下，唉，女人啊！怎麼如此喜怒無常？

「這些資料你拿回去看看，後面有一些問題需要做出合理的解答，最後還要寫一篇關於這個資料的論文！儘快交給我，陸教授急著用！」石清抱來一疊紙張，看著滿頭大汗的李傑說道。

李傑看著一疊紙，額頭上的汗越發多了起來：「爲什麼讓我來做啊？我明明看到他給你的！」

「讓你整理，你就乖乖地整理，問那麼多幹什麼？」看來石清的火氣一時半會兒是消不下去了。

「爲什麼啊，明明是你的事情！」李傑急道。

「給你十天時間，必須完成！」

「我不幹！」

「一個禮拜！」

「好，好，好，石老師你說啥就是啥！我幹就是了！我服了！我投降了！」李傑覺得這個女人惹不起，最好還是照她說的去做。

「聽話就好，以後實驗室你就不用清潔了，這個資料需要實驗支持！你如果需要做實驗直接來找我！」石清淡淡道。

「好的，石老師，那我走了！」說完，李傑一溜煙地跑了。

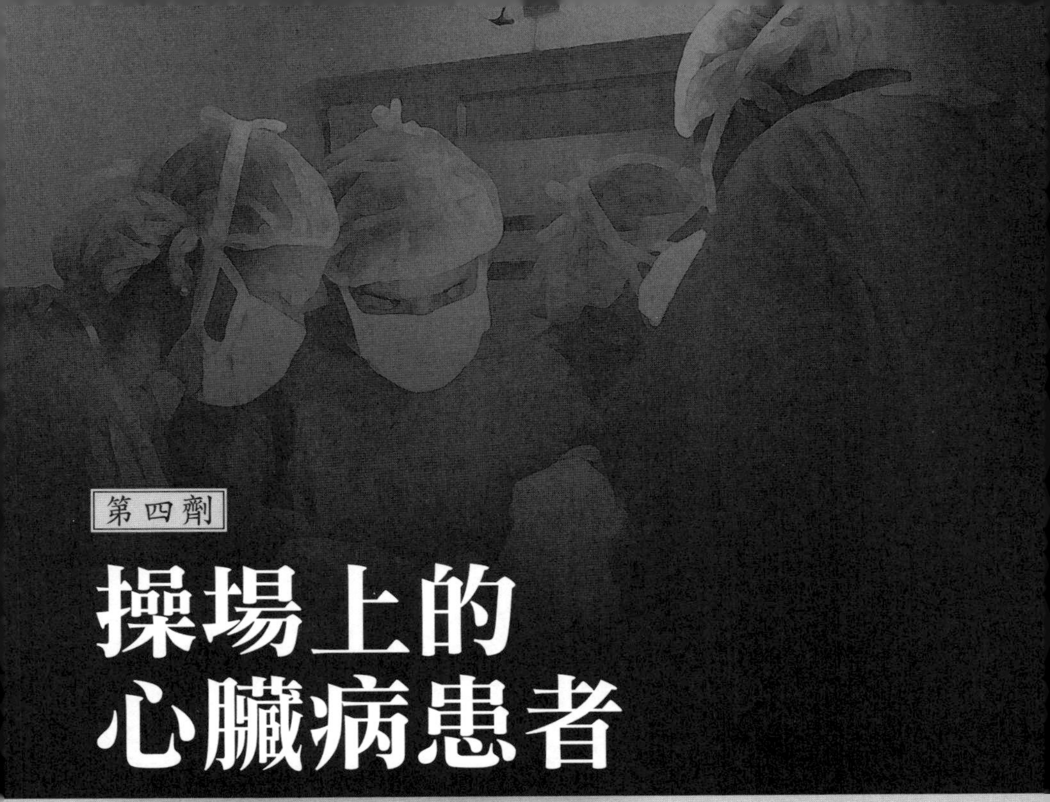

第四劑

操場上的心臟病患者

李傑將女生身體放平，不至於因為血壓下降而造成腦部供氧不足，
然後開始準備人工呼吸，但是剛剛準備用嘴的時候，
女生甦醒過來，臉色很是蒼白。
「你還好吧？」和她一起跑步的同學焦急地問。
女生有氣無力地點了點頭。
「她怎麼會這樣？」她們問李傑。
李傑用手指搭了搭她的脈搏，發現脈搏細弱，
又摸了摸她的手背和脖頸，皮膚猶如絲綢般光滑，但冰冷有汗。

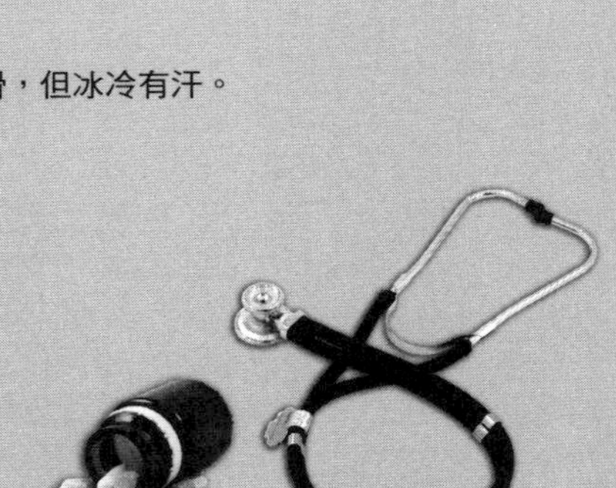

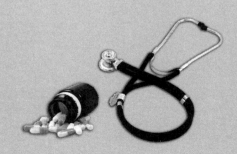

「石清，你自己的工作卻丟給我做！你這個懶人！爲什麼要讓我做啊？」李傑手裏拿著資料，在宿舍裏大聲咆哮著。

李傑將手裏的資料流覽一通，感覺火氣越來越大。「這都是什麼跟什麼啊？實在太深奧了！」李傑對於眼前的資料已經感覺很吃力了，畢竟他只是一個臨床的醫生。而這些資料卻是關於藥材製劑的，雖然李傑有著領先二十年的技術，但是資料中所涉及的主要是應用於心血管方面藥劑的研究，不是他熟悉的。

李傑懶得看了，氣呼呼地將資料丟在一旁。當張強和王猛回到宿舍的時候，只見無往不勝的李傑，像一隻被煮熟的蛤蟆一樣趴在桌子上，嘴裏不斷地嘀咕：「你個妖婆娘！你個妖婆娘！」

「誰讓你蹺課！活該！你這回見到了吧？以後還蹺課不？」張強幸災樂禍地道。

「以後我不用上課了，我要搞這個東西！」李傑說著，把資料推給他倆。

「哇！美女老師的單獨輔導作業！」張強興奮道。

「哦，俺的娘，這個乖乖要是給俺，俺肯定立即幸福死了！」王猛從李傑的桌子上拿起一張紙，在一旁誇張地叫道。

「拿來讓我看看，看我能不能……」張強從王猛的手裏拿過那張紙，只看了一下，就把後面的話咽了回去：「傑子，你就節哀順變吧，兄弟我是幫不了你了。」

「兄弟，老師也太狠毒了，這不是我們學的吧？」張強疑惑道。

「讓我死吧！我命好苦啊！爲什麼你有美女輔導？爲什麼你會的比我們多！不公平啊！」王猛哭道。

「那你來幫我做，我保證你比我厲害，美女看你的機會也多！」

王猛用一隻手扶著額頭，另一隻手拍了拍李傑的肩膀，搖了搖頭，便和張強一言不發地走開了，只留下李傑一個人在桌子上繼續艱苦卓絕的浩瀚工程。

怨歸怨，工作還是要做的，李傑在萎靡了一陣之後，準備攻克石清交給他的難題。

第二天，李傑早早地就起來了，像往常一樣穿著一身白色的運動服去操場拉風。昨天晚上他已經將資料內容大體瞭解了一下，準備今天大幹一場，不過沒有好的休息，就沒有好的工作效率，他決定先跑跑步讓大腦休息一下！

李傑在操場上一邊跑著，一邊用餘光觀察著各色的運動型美女，那修長的美腿，那高聳的雙峰，就在李傑爲一個美女的身材大爲感歎，並且猛流口水的時候，腳下一個趔趄，以一個十分標準的姿勢趴在了地上。

「李傑，你沒事吧？」一個甜美的聲音在李傑的身後傳來。

「沒事，沒事！」李傑以一種不可思議的速度站了起來，當他看清了是于若然之後，便給了她一個意味深長的笑。

「班長，你也來跑步啊？」李傑看著于若然因爲跑步而微微泛紅的臉，問了一句廢話。

「我出來運動運動不行啊？」于若然看著李傑那雙賊溜溜的眼睛，沒有好氣地回答。

「行，行，當然行了！」李傑的雙眼緊緊地盯著于若然不斷起伏的胸部，心想不愧爲八十六碼的，還真是大啊！運動運動身材更好，哈哈！他把口水使勁地咽了下去。

李傑是典型的好了傷疤忘了疼，剛剛就因爲看美女而摔倒，這次眼睛還是不老實，不停地掃啊掃的，差點再次摔倒。于若然卻在專心地跑步，沒有發現李傑的小動作。

他們跑了幾圈以後，發現前方操場上忽然有很多人在向同一個方向跑去。

「出了什麼事？」于若然踮起腳尖望去，將玲瓏完美的身材表現得淋漓盡致。

「不知道。估計有免費大派送吧！」李傑沉浸在幸福的氛圍中，不能自拔。

于若然轉過頭，剛好和李傑看著自己胸部的目光相撞，便氣呼呼地鼓起腮幫子，像是吃了兩個小包子。李傑，趕緊收回猥褻的目光，轉移話題道：「我們去看看吧！」

兩個人向著人群的方向跑去。

他們擠進圍觀的人群，李傑發現是剛才他意淫過的女生暈倒在地。大家議論紛紛，但是沒有人知道發生了什麼事情。只有女生的朋友用一種懇求的眼神望著大家。李傑一句話不說，迅速地走上前，彎下腰扶起女生的頭，讓她的身體舒展地平躺。開始，女生的朋友還有一些遲疑與不信任，但她看到李傑那充滿自信的樣子以及那種不容置疑的氣質，就沒有阻止。

「叫救護車沒有？」李傑頭也不回地問道。

「已經有人去叫了！」

李傑將女生身體放平，不至於因爲血壓下降而造成腦部供氧不足，然後開始準備人工呼吸，但是剛剛準備用嘴的時候，女生甦醒過來，臉色很是蒼白。

「你還好吧？」和她一起跑步的同學焦急地問。女生有氣無力地點了點頭。

「她怎麼會這樣？」她們問李傑。

李傑用手指搭了搭她的脈搏，發現脈搏細弱，又摸了摸她的手背和脖頸，皮膚猶如絲綢般光滑，但冰冷有汗。

「啊！」女生醒來看見有人正在無恥地占自己便宜，便驚恐地喊了一聲。

「神智還是清楚的，暫時不會有什麼大問題！」李傑安慰著她。「有沒有水？拿給她喝一點。」

很快，有人遞上了一瓶水。

「把她扶起來，給她喝點水，過一會兒，如果沒有不舒服的話，就可以送她回去了。」

李傑站起身，從隨身攜帶的便條本上撕下一頁紙，寫了一行字遞給女孩：「雖然現在沒事，但是建議你以後有時間的話，最好到附屬醫院心臟科看看，做一次全面的心臟檢查。這上面是你的病情，去的時候帶上這個紙條，醫生看了以後會減少很多診斷上的麻煩。還有，在醫院檢查結果出來之前，千萬不要再做什麼劇烈的運動，同時也要保證不要受到刺激，情緒激動也容易發病！」

交代完以後，李傑還不等對方說謝謝，就自顧自地離開了，半句話也沒有多說。其實他有點做賊心虛，剛剛想趁機親對方一下，結果那女生竟然醒了。

「這一定是誤打誤撞，他怎麼可能這麼厲害？」于若然在一旁看得目瞪口呆。到現在，她也不敢相信李傑會這麼厲害，雖然他看書很多，但是畢竟沒有什麼臨床經驗，怎麼可能一下就診斷出病情？

「爲什麼讓她去醫院檢查啊？」于若然追上李傑，打算問個明白，弄清楚這小子是不是在糊弄人，「有那麼嚴重嗎？」

李傑轉過頭來，看了她一眼：「當然有了，因爲她有短暫的休克現象。如果不是本大爺的出現，她有百分之七十八點三六的機率挺不過去！」

當然，百分之七十八點三六這個資料是李傑信口胡說的。

「那麼，她會怎麼樣啊？」于若然對於李傑的話其實已經信了大半，但是她還不死心，追著問原因。

「你看她的身體沒有明顯的創傷和失血，也沒有發熱，不會是因爲感染或是過敏引起的，更不會是損傷和劇烈疼痛產生的神經源性休克，我們可以排除以上幾點，她應該是在劇烈運動的時候由於心臟原因引發的心源性休克，而且她的表徵也都符合。」李傑解釋著，當然他說得輕巧，沒有多年的經驗是無法一眼看出來的。

「哪有你說的那麼危險？我看你是存心占人家的便宜吧！」于若然諷刺道。

「天地良心啊！我這麼正直的人怎麼會幹那麼無聊的事情！以前我曾經接觸過這樣的病例，運動的時候忽然倒地不起，結果沒能救得回來。心源性休克的死亡率會高達百分之八十。」李傑說謊臉都不紅，一遍又一遍地向于若然解釋著。

「所以，你一開始的時候，沒有立即直接扶她坐起來，是有原因的，對不對？」于若然一副恍然大悟的表情。

「早期心源性休克的特點是以缺血爲主。因爲血壓會急速下降，動脈充盈不足會導致交感神經腎上腺系統興奮，此時細小動脈和微動脈會收縮，微靜脈會出現缺血性缺氧。平躺著，是爲了讓她的腦部不會缺血，也就不會使她的大腦因爲供血不足而產生不可逆性損傷。」李傑解釋完，赫然發現于若然正在用一種近似於崇拜的狂熱眼神看著自己。

「看來你看書還是挺有用的啊？你是怎麼做到的？教教我吧！」

「就是看書唄，圖書館那麼多關於心臟的書，隨便翻一本裏面就寫著！」李傑在沉默了半秒鐘之後，編了一個自認爲可以騙過于若然的謊話。

「其實，我覺得你挺厲害的！」于若然發出了由衷的讚歎。

「那是，那是！」李傑大言不慚地接受了于若然的佩服，心裏同時想著：本公子還有更厲害的，要不要改天給你展示一下！

「是不是你家裏世代是醫生啊？所以你來這裏學醫？不過你好像真的很有天分啊！如果你不學醫的話，老天爺簡直就是沒長眼睛！」現在，于若然對李傑佩服得五體投地。

「其實，我就是專門爲了學醫才來到這個學校的！」李傑不禁想起，自己原來穿工作服的時候，那是相當地拉風啊。一身白衣勝雪，飄飄然獨立，支聽診器掛於頸部，鈕扣從來不繫，走路帶風，引得無數病人和家屬爲之引頸側目，其中不乏妙齡少婦、懷春美女。

「對了，你能不能告訴我你是怎麼學習的？我感覺我們學習很枯燥，要記的東西實在太多了！」于若然問道。

李傑看了看于若然說：「這樣吧，你以後有空跟我去圖書館，我再告訴你。」

聽到李傑提起圖書館，于若然就想起他調戲自己的事情，感覺臉上有點燒，但很快就恢復了正常。

「我會的，不過我可不蹺課！」

「當然，班長大人可是好學生呢！」李傑笑道。

兩個人又跑了兩圈，閒聊了一會兒，就回去了，出於對美女的愛好，李傑對于若然不是沒有想法，但是他有自己的原則，他喜歡玩，但不是騙，跟他在一起的女人都是一夜的。李傑是輕易不會動情的，也不會許下無謂的承諾。

李傑在鍛鍊完後，就開始弄「妖婆娘」石清留給他的資料了。其實他有點厭惡這件事，但是內心卻並不抵觸，他覺得這是一個挑戰，是自己在這個世界上的第一個有難度的挑戰。

當李傑把厚厚的一疊紙張擺在石清面前的時候，石清驚訝地張大了嘴巴，好半天沒有反應過來。她不敢相信這小子竟然僅僅用了三天就完成了所有的工作。

石清看了李傑寫的論文，以及對問題的解答，感覺自己好像在做夢，這個李傑實在讓人看不懂，三天的時間，通常論文的準備就需要三天的時間。本來她還以爲李傑會來求她多多寬限幾天，沒想到他竟然能夠提前完成！

「我搞定了，石老師，你還有什麼事嗎？沒有的話，我就先回去了！」李傑疲倦地說道。其實他所以能夠三天就完成這個工作，是因爲一直沒有睡覺，連續奮戰了三天三夜！

「這是？」看來，石清的思維還處於混亂狀態。

「這是我寫的關於藥物的應用，我已經把你給的資料整理並且分類了。我覺得這個藥物在心胸外科手術上應用很有前途，你看，這一疊是主刀醫生要準備和注意的；這一疊是第一助手的；這一疊是器械護士的。還有，這個是手術中麻醉師和主刀醫生要隨時溝通的，畢竟是一個難度非常大的心胸外科手術，還有……」李傑指著面前的幾疊資料，毫不客氣地對石清指點。

「還有？」石清此時終於有點兒清醒了，李傑簡直就是一個天才一般的存在啊！難道世界上真的有天才麼？

「還有就是，這個病人很有可能會出現主動脈弓的病變，在手術過程中一定要注意。我注意了一下，病人屬於過敏體質，一定要在手術之前確定過敏源。」李傑將自己在整理資料的過程中發現的幾個問題一一提了出來。

石清趕緊拿出紙和筆，打算將李傑講的記下來。

「不用記了，我說的都已經記在資料上了，我只不過在這裏提醒一下！」

李傑看著石清打算記筆記的樣子，感覺自己又回到了以前。以前，自己在手術前討論的時候，總有人聽著自己的話忍不住記筆記。

「感覺自己好有成就感啊！」李傑在內心深處不禁將自己好好誇獎了一番。

「石老師，要是沒有什麼要緊的事，我就先走了。我好睏啊！」李傑其實很想在石清面前多表現一下。

「等等，今天晚上你要是有空的話，到我辦公室來一趟，我有事和你講。」石清認真地說道。

「哦，知道了。」從沒有關緊的門縫裏，傳出李傑懶洋洋的語調。

到了晚上快九點的時候，李傑才出現在石清的辦公室中，不過讓他感到驚奇的是，石清似乎還在等著自己。

「李傑，你怎麼現在才來？」石清盯著李傑的眼睛問道。

「我睡著了，你知道你留給我的工作有多麼累人！」李傑實話實說，毫不留情地抱怨。

「你現在跟我來一趟，把那套衣服拿上，快一點！」石清催促著李傑。

李傑這才發現，門口的小桌上有一套用無菌材料包好的實驗服。於是，他趕緊拿了起來，並三步併兩步地跟在石清後邊。

「石老師，你這是領我去哪兒啊？」李傑跟著石清走過了一個又一個的拐角，一路上不住地問。

「去陸教授的實驗室！」石清被問得有點煩了，才說出了目的地。

「哦，原來是這樣啊！」李傑並沒有石清所期望的那種驚奇的表情，反而是一種意料之內的神態。

走到一個不起眼的實驗室門口，石清停了下來，等了片刻，門便滑開了，裏面是一個李傑見過的隔離間。石清看著李傑熟練地走進去，換好衣服，越發覺得李傑奇怪，自己第一次來的時候，光穿實驗服就花了將近十分鐘的時間，而李傑包括穿實驗服和清潔消毒，也不到八分鐘，李傑還是個大一的新生啊，看他熟練的手法，簡直就是一個有著近十年臨床經驗的主刀醫生。

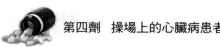

「好了，石老師，現在我們去哪兒？」李傑看著還在消毒的石清，不由地問道。

「你，你怎麼那麼快啊？你有點兒風度行嗎？等待女士是紳士應該做的！」石清不滿地說。

「我一直都是這個速度啊。」李傑顯得非常無辜，心中卻暗道：「你算什麼女士啊！頂多一個妖女！」

石清的心裏非常憋屈，自己是一個博士，有的地方竟然還趕不上一個大一新生，同時她也有點不平，憑什麼李傑那麼天才呢？爲什麼這個世界這麼不平等呢？自己也是經過努力的啊！

李傑在聽了石清的教導後雖然不以爲然，但是也變得非常有耐心，他一直等著石清，沒有一點兒不耐煩的樣子。

他覺得很好奇，不知道自己在老師心中只是一個大一新生，能在實驗室裏做些什麼工作。雖然自己的表現很不錯，但也沒有超越普通的範疇，帶他來這樣的實驗室，還是有些誇張了。從實驗室的隔離間和清潔室的樣子來看，情景是可以想得到的。

「陸教授，李傑來了。」當石清和李傑一前一後地走進了實驗室，石清向一個穿全套實驗服的人說道。李傑覺得怪，石清是怎麼從這些人裏一眼就認出陸浩昌的？難道她也能跟自己一樣，可以一眼就看出病人的體重？一眼就看出美女的三圍？不對，她應該是看男人的三圍。

「哦，李傑，你來了啊！」陸浩昌向李傑打著招呼。

「陸教授，您把我叫來做什麼工作？」李傑開門見山地問道。

「實不相瞞，這是一個專門研究新型藥品的實驗室，我們正在研製一種新藥。現在實驗室的人手有點緊張，我們挑了幾個研究生都不太滿意，聽石清講，你的實驗速度很快，我們想把你招進小組。當然，我看重你的，不僅僅是你做實驗的細心與速度，更看重的是你身上那股靈氣！石清給你的那份資料，其實是我專門爲你準備的，你完成得很好，特別是對於藥品應用的猜想！你雖然沒有上過手術台，但是你對藥物在臨床手術應用中的猜想可以說是完美！」陸浩昌發出了由衷的讚歎。

李傑已經被他誇得臉紅了，他當時不過是想在石清面前表現一下而已，一個不小心就把自己對於手術中的理解寫上去了一部分，那種技術在這個世界上，能夠達到的人不多，陸浩昌感歎也是應該的。

陸浩昌隨後又簡單地說明了一下他的計畫，李傑只是站在一旁認真地聽著，臉上出現了少有的肅穆。

李傑在猶豫，他對於陸浩昌教授的計畫很讚賞，但讚賞歸讚賞，不能代表他要加入。

當然，加入他們的計畫好處很多，陸浩昌教授所帶領的團隊在醫學領域應該是頂級的，他們研究的內容領先於同類技術。李傑對於陸浩昌的邀請沒有立刻答應的主要原因是，如果他加入，真的可以幫助他們實現計畫嗎？

「李傑，有人找，你小子趕快下去，人家都等半天了。」當李傑正在猶豫的時候，隔壁寢室的同學推開了宿舍的門喊道。

李傑撓撓頭，心裏嘀咕著：誰啊？挑這個時間來打擾我。而那位同學則想的是：李傑是不是又占了哪個良家婦女的便宜了？原先安靜的宿舍瞬間吵鬧起來。

李傑趕緊離開了宿舍，當他轉身將門合上的時候，聽見裏面傳出一陣非常激烈的爭論聲。他無奈地搖搖頭，對於這些哥兒們，他已經感到無奈了，他們怎麼能老是拿自己尋開心呢？他暗自歎了一口氣，快步跑下樓去了。

李傑下樓後，看見樓梯口那株茂盛的玉蘭樹下站著一個女生，昏暗的路燈透過樹葉的間隙，在女生的臉上投下了斑駁的陰影。

這個女生怎麼看上去那麼面熟啊？李傑心想，但他可以確定自己不認識。因爲他剛剛評估了這個女生的三圍，各方面都是上等，如果認識這樣的女生，怎麼能沒有印象呢？

「你好！我是張璇，我是來道謝的！」一聲清脆的招呼從樹影下傳了過來。聽到她動聽的聲音，李傑的評價又增加了一級。

李傑這才看清了來訪者的容顏，這是一個和自己年齡差不多的少女，留著一頭墨黑的齊耳短髮，素青色的連衣裙，白皙的臉龐如絹絲般透著天然的雋秀與淡雅，整個人就像是水墨勾勒出的仕女。李傑不由地舔了舔自己乾裂的嘴唇。

「你好！請問有什麼事嗎？我不記得我做過什麼啊？」李傑對美女一向都是比較有禮貌的，當然這個禮貌通常都是暫時的。

「前天早上真是感謝你了！醫生說我很幸運，但是我知道是您的功勞！」張璇說著，向李傑深深地鞠了一躬。

李傑才想起來，這個女生就是那天早上遇到的那個身材特別好的運動型美女！不過今天她這麼文靜，李傑有些認不出來了。當美女把頭抬起來的時候，李傑又一次認真觀察了一下，心想：美女就是美女，不管是運動型的，還是古典型的，都美得讓人窒息。

「沒什麼，這是我應該做的，只是偶然碰上了，運用了自己的醫學知識而已，你不用太放在心上。俗話說路見不平一聲吼，該出手時就出手！」李傑此時在張璇的眼中，就像是一個真正有一顆慈善心的醫生。

「不過你要注意一下，以後千萬不能再做過於激烈的運動。」李傑看著張璇不太紅潤的嘴唇，又再一次地提醒道。

「謝謝你了，醫生勸我做手術，但是我很害怕！」美女惆悵地道。

「你的病對你來說是一個大問題，」看著張璇有些擔憂的樣子，李傑開起了玩笑，「但是對醫生來說，只是一個小小的手術，你要是放心的話，我可以給你做手術。」

張璇聽了，咯咯地笑了起來。

「不過，你的病最好儘快去治療，免得以後再次暈倒，就算你不運動，也可能因爲情緒激動而暈倒！」其實，李傑還想說的是，「暈倒了容易讓別人佔便宜，」想著那天摸到張璇的脖頸，他就忍不住地兩眼放光。

忽然，張璇用手扶住了額頭，表情有點不太自然。

「怎麼了？」李傑不禁問道。

「沒什麼，只是有點頭暈。」張璇回答。

李傑趕緊拉著她到石凳旁坐下來。

「把你的手給我！」李傑用命令的口氣說道。

張璇雖然不知道李傑想做什麼，還是乖乖地把手伸了過去。李傑用嫻熟的手法診了張璇的脈搏，說：「你最好明天就去附屬醫院看一下，不用擔心什麼，你的病很容易治療的。我給你寫個東西，你給醫院的醫生就好了！」

說完，李傑從隨身攜帶的小本上撕下一張紙，用德文寫了一句話，遞給了張璇。

李傑寫德文是有原因的，這行德文是藥物的名稱，就是關於張璇疾病的。

要說李傑怎麼知道她的病，當然靠診脈是看不出來的，所以給她把脈，部分是為了診斷病情，李傑的中醫程度只能根據脈象的強弱診斷心肌的收縮能力，他是想借機幫助這個漂亮的女病人。

「真是不知道該怎麼謝謝你！」張璇感激地說道。

「你以身相許最好！」當然，這只是李傑的想法，他裝出一副不在乎的樣子說：「都是同學，怎麼能這麼說呢？對了，我現在只知道你的名字，你是哪個系哪個班的，我都不知道！你怎麼連我住哪裏都知道？」

「你要想知道容易啊！自己問去，你也沒有告訴我，你的名字住址啊！我還不是知道了？」張璇頑皮道。

李傑沒有想到張璇會這麼說，這不是赤裸裸的挑逗嗎？擺明讓自己追她嘛！這個小妞真不錯，特別是還帶著林黛玉的病態美。李傑要考慮該怎麼搞定她了。

正在李傑與張璇開玩笑的時候，不遠處有一個人正在注視著他。

本來，于若然正在回宿舍的路上，突然發現男生宿舍的大樹下有一個十分熟悉的身影，還有一個女生。八卦是女生的天性，于若然感覺這是一個花邊新聞，於是悄悄地走過去準備看個究竟。

走到近處，她看見李傑緊緊地握住一個女生的手，這不就是白天跟她打聽李傑的那個女生嗎？護理系的張璇，也就是李傑前天早上救的那個人。

于若然看見，李傑遞給張璇一張紙條，似乎還在說著什麼。而張璇則害羞地點了點頭，似乎還有些臉紅。

「若然，你不回宿舍啊？」旁邊的好友催促道。

「哦，我馬上回去！」于若然的表情看起來十分落寞，她自己都有點搞不清爲什麼。

李傑本想送張璇回去，但是張璇拒絕了。李傑回到宿舍，想著張璇有點蒼白的臉，覺得明天有必要去一趟醫院。他並不是爲了跟張璇發生點什麼關係，不可否認張璇很漂亮，但李傑也不是那種濫情的人物，更不是個花心大蘿蔔，主要原因是張璇的心臟病很少見，就算曾經作爲李文育，有過差不多十年的臨床經驗，也沒有見過這樣的病人。根據他的推測，張璇應該是二尖瓣關閉不全合併主動脈瘤，而且似乎還有一些什麼，他沒有診斷出來，因爲她還有一些無法解釋的體徵。

第二天早上李傑早早起床，寢室的兄弟都以爲他要去上課，卻聽見李傑說：「張強，下午的實驗你幫我請個假，就說我在醫院。」

「好，我肯定會說，不過石老師信不信可就難說了。對了，你不是說不逃實驗課麼？難道你不想多見見美女老師？」張強說道。

「反正你就請假好了，美女老師我不看了，我要去看真正的大美女！」李傑急匆匆地走了。

中華醫科研修院第一附屬醫院心胸外科。第一醫院外科的勢力很強，特別是心胸外科，以科室主任王永爲代表的一批年輕派是醫院的主要力量。

主任辦公室的走廊上，張璇坐在椅子上等著自己的檢查結果。她聽從了李傑的建議，今天早上就請假過來了。她很擔心自己的病情，雖然昨天李傑說她的病很容易治，雖然她自己還是學護理的，但是她也知道，心臟方面的疾病都不會容易治，李傑不過是在安慰自己而已。

李傑同樣請假蹺課，他直接去了第一附屬醫院。第一附屬醫院是中華醫科研修院畢業生首選的醫院，特別是對於外科專業的學生。當然這裏的學生可不包括李傑，他的目標不僅僅是在這個高聳的白色外科大樓裏工作！

李傑在掛號處先是跟接待處的小護士聊了兩句，問了心胸外科的位置和電話號碼，就奔著電梯去了。

當電梯門打開的時候，李傑一眼就看到了坐在椅子上的張璇，張璇也看到了他。

「這麼早就來了啊？多虧我來得也很早，要不可能還找不到你呢！」李傑玩笑道。

「我早起習慣了，早上醫院的人應該少，對了，你怎麼來了？」張璇給了李傑一個十分甜美的微笑，讓李傑感覺有點飄飄然。

「你只告訴了我名字，我又不知道怎麼找你，昨天我一晚上都沒有睡覺就盼著天亮，我想今天早早來這裏等你，肯定會再遇到你的！」李傑感覺自己都可以做影帝了，張璇果然被他所迷惑，臉立刻紅了起來。

李傑暗叫不好，自己的毛病又犯了，總喜歡開玩笑，以前遇到的多是社會上的女子，沒有什麼關係，不過當玩笑過去了，眼前的張璇顯然有點認真了，李傑的玩笑開得過頭了。

「結果還沒出來嗎？」李傑看著臉上掀起一朵紅暈的張璇，趕緊轉移話題道。

「嗯，還沒有！」張璇低下頭，聲音細微地說。

李傑心中那個鬱悶真不知道該怎麼說，現在人家是心臟病人，玩笑開大了，她一激動暈了可就不好辦了！

李傑正在想怎麼緩解這尷尬的氣氛時，辦公室的門打開了，裏面有人喊張璇的名字。

「輪到你看病了，進去吧！」李傑說道，張璇點點頭，二人一起走了進去。

醫生是一個四十左右的胖男子，微微有些禿頂，但是很和藹，一直帶著笑容。李傑從他胸前的掛牌知道，這是心胸外科的主任王永，他們學校畢業的學長，也是很多學生的偶像，在三十四歲的時候就掌管了心胸外科，很有才華的一個人。

「這是你男朋友啊？」王永的第一句話不是問診，竟然問這樣八卦的問題。張璇顯然沒有想到他會問這個，一瞬間腦袋一片空白。

李傑趕緊否認：「不是，不是。」

他把目光投向了張璇。張璇只是低著頭，臉色微微泛紅，一句話都不說。李傑心中暗叫不好，這是越描越黑啊！只能等她病好了，再跟她說明白。

「我只是她的同學，她給您的紙條，您看過了吧？就是我寫的！」李傑趕緊岔開話題，他怕這個禿胖子再說不該說的話。

王永仔細地打量眼前這個其貌不揚的小夥子，覺得很奇怪，他看了字條以後就想知道是誰寫的，特別是德文把藥品名字寫成原產地德國用的名字，就是不想讓女孩知道病情，所以他才問他們是不是情侶。

王永對張璇的病情做了詳細的詢問，然後叫她去做一些檢查。

李傑沒有打算陪張璇去，正在考慮著怎麼開口，正好王永叫他留了下來。張璇走出去了以後，他說道：「病人的病情想必你也很清楚，她需要手術！」

李傑拿著張璇的病例，看見了上面貼著自己寫的那紙條，那行德文用紅顏色圈了起來。看到這裏，他就知道醫生爲什麼把他留下來。

「這需要跟她的家人聯繫，其實，王主任，我有個小小的請求！」李傑說道。

「你說！」王永漫不經心地道。

「我想觀摩這個手術，可以嗎？」

「你是中華醫科研修院的學生吧！你是在實習，還是在學校讀研究所？博士？」

「我讀的是七年制的本碩博連讀。」

「有點意思，你很不錯。觀摩的話可以，我這次做手術就在有觀摩台的手術室做吧！不過，小子，你女朋友好像不願意手術啊！」

「王主任，她不是我女朋友，我們不過是同學，偶遇而已，我之所以陪她來就是爲了觀摩這個手術，我知道手術雖然不難，但是有併發症就不一樣了！我主要是想學習一下。」

「哈哈！行，到時候你就來觀摩吧！還要你來說服她，她主要是怕術後縫合會有疤痕！」

看來這個主任認定自己是張璇的男朋友了，不過也是，這個時代遠遠沒有自己那個時代開放，男女來往不是情侶是什麼！

不一會兒，張璇就做完了檢查，王永裝模作樣地看了看片子，其實這些片子都是爲手術做準備的，然後說道：「你的病還要觀察一段時間，你家在本地吧，下午就讓父母來一趟吧，做好住院的準備。還有，最近不要做劇烈的運動！」

正在李傑和張璇準備離開的時候，門外傳來了一陣輕輕的敲門聲，王永撇了撇嘴，很不情願地離開座位，晃著肥胖的身體慢吞吞去開門。

門外竟然是美女老師石清，她一改往日的火爆，今天竟然像一隻馴服的小綿羊，面帶微笑地向王永主任問好：「王老師您好！」

「什麼風把小青石吹來了，是不是來幫老陸問藥物的臨床表現啊？我都說了還差幾例患者……」

「不是的，王老師，我是專門來看您的，這麼多天沒見，我都想您了！」石清的話讓王永笑得合不攏嘴。

「石老師好！」李傑看到石清就只有一個感覺，怎麼老是能碰到她啊？難道真的是自己的風流倜儻讓她著迷，讓她瘋狂？

「哦？沒有想到你也在這裏啊？還帶著女朋友？」石清一臉驚訝地說。不過在李傑看來，石清的演技簡直比他還要好。

「石老師，這是張璇同學，我是陪她看病的！」

「哦，什麼病啊？怎麼跑心胸外科來看了？王老師，我這個學生可淘氣了，就會裝病！你可別給他騙了！」

「呵呵，看來你不是來看我的，你是專門來抓學生的啊！竟然抓我這裏來了，你可真有一手！」王永笑道。

「可不是我有一手，是我的學生太厲害，我問掛號處的時候，一說，人家就知道他！」

石清瞪了李傑一眼，接著說：「對了，李傑，掛號處的那個姐姐讓我告訴你，她還有半個小時下班，她今天晚上有空！」

石清的話，讓王永對李傑刮目相看，而張璇則明白了。

李傑儘管臉皮很厚，也感覺有點不好意思。多虧他變成李傑以後皮膚有點黑，看不出來臉紅。還好，石清看到桌子上的病例，問道：「這是誰的病歷？」

「張璇的，石老師不信你就看看，這可是王主任診斷的！」

「主動脈瘤……」石清拿起李傑寫的字條，就認識這個德文單詞。

「二尖瓣關閉不全合併主動脈瘤！」王永不等石清看完，打斷她說道，他故意用英文說的。

「這是我的病人的病歷，拜託石大小姐別亂動行不？」王永一把拿過張璇的病歷。

冰雪聰明的石清雖然不知道王永爲什麼不讓她看，而且說病情的時候還用英文，但能猜到他是不想讓這兩個學生知道，所以她也不看了，轉而問道：「王主任，能讓我觀摩你治療的過程嗎？」

「行，到時候你跟你學生一起來吧！」王永說道，接著他又覺得不對勁，指著李傑問：

「他是你學生？」

「是啊！」石清點頭說。

「我記得你還有一年博士才畢業吧？他怎麼能是你學生啊？你不就是在學校業餘帶實驗課嗎？」

「是啊，他是大一新生，是不是讓你很驚訝？我一開始認識他的時候也很驚訝！就連陸老師也被他嚇到了呢！」石清笑道。

「現在的學生不得了啊！長江後浪推前浪啊！我要再不努力就完蛋了！」王永歎道。

「怎麼會呢？雖說長江後浪推前浪，但是一浪還有一浪高！王老師就是最高的那浪！」

「就你會說，好了，你們回去吧！我還有病人，等時間定下來你們就來觀摩吧！」

剛走出心胸外科，石清就對李傑說：「你送你的同學回去吧！我還有一些事情要辦。」

「石老師，跟您請個假，下午實驗我不去了行嗎？」李傑趁機說道。

「可以，你回去多考慮一下陸教授的建議，要好好照顧這位同學哦！」石清笑道。

李傑和張璇一路無語走出了醫院，李傑不知道說什麼，張璇卻是不知道怎麼開口。一直走出了醫院很遠，張璇才開口：「不是說有個護士姐姐在等你嗎？」

「啊？那是老師在開玩笑，沒有的事情！」李傑第一次感覺撒謊竟然撒得這麼艱難。

「李傑，你到底是個什麼樣的人呢？你是不是對誰都很好呢？」

李傑其實很想說：「我不知道，但是我覺得，我應該照顧你，我應該對你好！」但是他知道不能說，要是說了，就要背負一份感情了。李傑雖然喜歡美女，但那不是愛，只是喜歡而已。

「我不知道，但是我覺得作爲同學，相互幫助是應該的！」

「我要到家了，就送到這裏吧！」

李傑看了一下周圍，這裏不是什麼住宅區，但是他沒有多說，他知道張璇是不願意自己送他，於是揮手再見。

張璇走出不遠後，發現李傑還在看她，於是喊道：「下次對女孩子別再油嘴滑舌了！我在護理XX班，住X號樓，你記住了，我們永遠是朋友，有空的時候可以找我哦！」

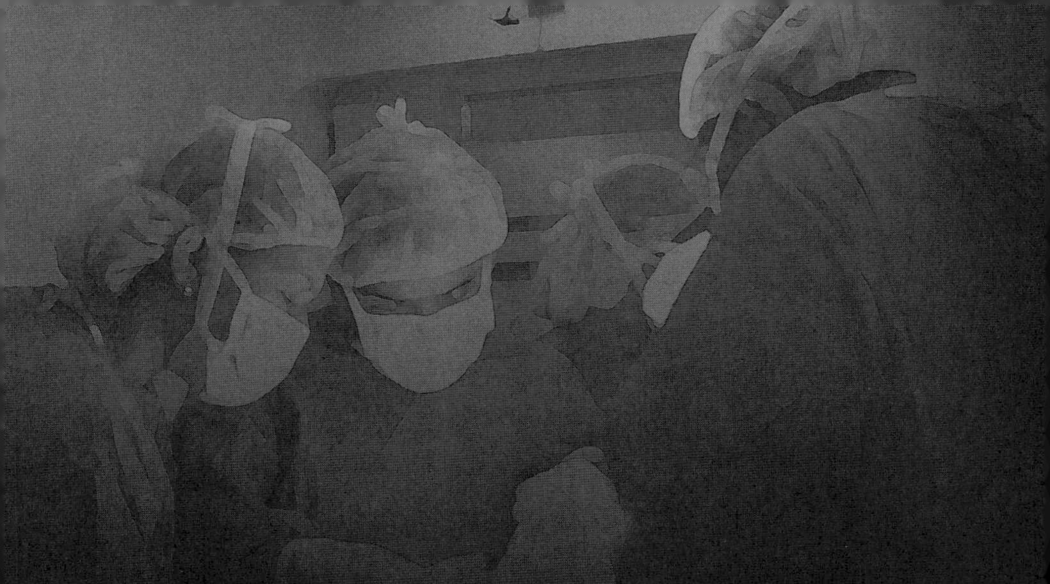

第五劑

不將患者當人的傢伙

李傑看了看時間，他在心中模擬的手術比王永還要快，
因為王永在中途耽擱了。
李傑認為一個好的醫生應該果敢堅毅，
上了手術台就不能顧慮太多。
李傑以前做手術的方法就是根本不將手術台上的病人看做人，
這樣才可以沒有任何的壓力，病人的存活機率才最大。
雖然有人質疑他的想法，但是到了最後，所有人都閉嘴了，
因為正是不將患者當人的傢伙，手術成功率是最高的，
還沒有任何人死在他的手術台上！

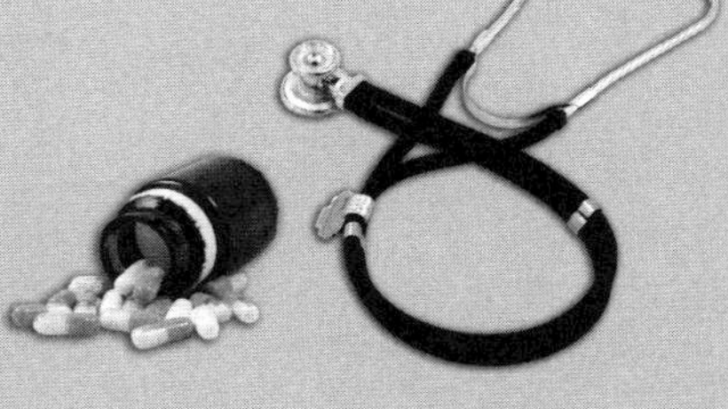

李傑最喜歡陽光明媚的下午，懶洋洋地躺在學校的長椅上享受這美好的時光。對於他來說，今天上午過得不是很好，這個世界的女人真是不好對付啊。

李傑躺了一會兒，感覺有點睏，便把剛剛借來的書蓋在臉上打起了瞌睡。

忽然，李傑感覺蓋在臉上的書被人拿走了，陽光刺得眼睛都睜不開，便瞇著眼想看看是哪個混蛋幹的好事。

只見于若然手裏拿著那本厚厚的書，一臉不滿地看著自己。

「李傑，你今天早上爲什麼不去上課？」

「去醫院了啊！」李傑如實回答，他就不明白了，自己又不是第一次蹺課，于若然爲什麼生那麼大的氣啊？

「你去醫院幹什麼？」于若然問道。

「看病去了唄！」李傑不明白，爲什麼于若然對這個問題老抓著不放。

「什麼病啊？一定要去醫院？還看一個上午？」

「肯定是大病啊！小病我自己就解決了，要手術，要出很多血，這可是關乎人命！你明白嗎？」

「你真的和張璇……」于若然又問了一句。

「是啊？你怎麼這麼快就知道了啊？」李傑看著于若然，不解地反問了一句。

「你，你，你簡直太無恥了！李傑！」于若然說完，給李傑來了一個狠狠的耳光。

「你給我回來！你說說我怎麼無恥了？我無恥也不用你來教訓吧！」李傑捂著微微發燙的臉，聲音猛然間大了幾分。不管是誰，被一個女生不明不白打了一巴掌，肯定都會有火的，李傑當然也不例外。

「我……我……」于若然看著李傑，咬緊了下唇，一句話也沒有說，轉身就跑開了。

李傑嘴裏叨咕了一句，拿起書，離開了操場。被于若然這麼一鬧，李傑什麼心情都沒有了。

李傑在校園裏轉了一圈，無聊地回到了宿舍。因爲下午有課，所以屋裏沒有什麼人，他躺在床上胡思亂想了一陣就迷迷糊糊地睡著了。

不知道過了多長時間，李傑被張強等幾個好朋友給弄醒了。

「小傑啊！你到底怎麼搞的啊？有了于若然，怎麼還去碰別的女人啊！一個美女班長還不夠嗎？」

「聽說你還把人家的肚子搞大了？今天上午墮胎去了？你可真是禽獸啊！」

「傑子，聽說墮胎需要很多錢啊！你還有錢吃飯嗎？要不哥幾個給你支援點？」

李傑迷迷糊糊聽到他們說了一堆也沒有明白，最後仔細問了一下，他終於明白了下午于若然爲什麼打他，原來這個小妮子以爲自己帶著張璇去墮胎去了。看來寢室這夥人都知道了也是她說的吧！

李傑原本下午白白挨了一巴掌還感覺挺惱火，現在明白過來以後火氣也消了，在他看來于若然不過是一個小孩子，雖然發育挺成熟。

想明白了以後，李傑心情也好了很多，對於這些寢室裏被謠言迷惑的兄弟們，堅決不能饒恕。李傑怪叫一聲跳起來，一個一個的收拾了一通。

李傑因爲上次傳聞的墮胎事件被同學鄙視了好幾天，多虧了他們寢室一群人物的證明，又經過李傑一番解釋，大家才終於明白，但是于若然從那次以後就一直躲著李傑，李傑也懶得去主動跟她說話。

李傑有更重要的事情要做，這幾天他爲手術做了很多準備，雖然只是觀摩，但他以前作醫生時養成的職業素養，就是要將每一個手術都做得完美。

手術的日子提前定好了，李傑爲此還擔心過，怕張璇不肯動手術，本來還打算去勸說，又害怕她誤會自己。要是再把關係弄得不清不白可就不好了。還好，張璇很痛快地答應動手術，聽說是她父親決定的。

手術安排在下午進行，李傑早早地來到了醫院，進醫院的時候，他很小心地到處觀察一番，害怕被掛號室的小護士發現，其實他上次真的勾引了那個小護士。

李傑打算直接去心胸外科找王永主任，但沒有想到在半路上就遇到了他。王永此刻正要去病房例行查房，於是李傑跟著去看看。

「王主任，張璇的病情怎麼樣啊？她拍的片子能讓我看看嗎？」李傑翻著張璇的病歷問。

「她的病情到目前爲止還很穩定，通過片子我們也瞭解了很多狀況，不過……」王永說到這裏，停頓了一下。

「不過什麼？」李傑問道。

「她的身體似乎不是很好，恐怕她的病情很難保持穩定。」王永說出了自己的擔心。

「嗯。」李傑點頭答應了一下：「和我的推斷基本一樣！」

「好了，這是張璇的病房，你進去慰問一下你的女朋友吧！我去別的病房看看！」正當李傑要解釋張璇並不是自己的女朋友的時候，王永從背後推了他一下，李傑便跌跌撞撞地進了病房。

「李傑，你來了啊！」躺在病床上的張璇見了，驚喜地喊道。

「嗯，你現在感覺怎麼樣啊？」李傑看著張璇有點蒼白的臉，親切問道。

「現在感覺還好。」張璇輕聲說。

李傑看著張璇一頭齊耳的短髮，額前整齊的留海，長長的睫毛，還有那水靈靈的大眼睛，因爲心臟原因而蒼白的臉龐，微微翹起的精緻的鼻子，小巧的嘴唇，白皙的脖頸，讓人看了一眼就再也無法忘記的鎖骨，他感覺自己心跳有點加速，他決定不再看張璇了。

「你馬上就要手術了，害怕麼？」

「李傑，我的病你早就知道的吧！」張璇側過身體，柔柔問道。

「嗯，算是吧！」李傑含含糊糊地回答。

「那你說，我的手術能成功嗎？」張璇撲閃著大眼睛。

「據我所知，國外此類手術的成功率是百分之九十以上，國內手術後一年存活率是百分之百，三年存活率爲百分之八十以上。」李傑說出了非常準確的答案。

「那你說，我會不會就是那百分之二十呢？」

「不會！那百分之二十的絕大部分是六十五歲以上的老年人，如果你是一個六十七歲老婆婆的話，你就有可能是剩下的那百分之二十。不過我不認爲這麼漂亮的老婆婆，上天會不眷顧她！」李傑說完，抬頭看了張璇一眼。

這一看，差一點讓李傑的鼻血噴到牆上，只見張璇側臥著，被子只蓋到小腹上，病號服的三顆扣子都沒有扣，一條若隱若現的乳溝完美地呈現在李傑的面前。

「這小妮子，還沒成年，身材就達到了八十二，五十六，八十四，要是成年了，再擺這麼個姿勢，還不給本大爺造成失血性休克啊！」李傑的心裏不禁嘀咕著。

「那百分之二十的部分呢？」張璇不停地追問，水靈靈的大眼睛撲閃個不停。

「我說妹妹，你的眼睛別再閃了，行不？要是再閃的話，本公子就有百分之九十八點七的概率因爲心動過速導致猝死，救也救不回來了！」李傑心裏再一次抱怨著。

「別想那麼多，好好休息！你要放鬆心態，其實手術很簡單的，閉上眼睛睡一覺醒來你的病就全好了！」李傑放下手中的紙和筆，站起來給張璇蓋好了被子：「百分之二十是幼兒。」

「其實，我是不打算做手術的！可是爸爸卻一定要我做！」

「放心吧！手術我也會參加，保證你醒來後會發現那不過是一場夢！你會發現你根本就沒有得過病！」

李傑出門後很快找到了王永主任，看到王永還有病房還沒有查完，便不耐煩起來，王永也看出了李傑的煩躁，於是掏出一個小卡片遞給李傑。

這個卡片就是醫生的ＩＤ卡，上面寫道：李傑，實習醫生，心胸外科。

李傑穿著白大褂，看著胸前的ＩＤ卡，感覺自己又成爲了那個無所不能的醫生李文育。帶著假實習生的牌子在醫院裏閒逛著，因爲醫院很大，實習生又經常換，大家也沒有認出他是新來的。不過很快，大家就會知道這個新來的臨時實習生是一個醫術高超的傢伙！

「這個醫院還真是大啊！」李傑站在醫院一樓的候診大廳裏發出了一聲感歎。大歸大，在某些方面還是太落後了，也許這裏唯一比較好的就是醫生的素質吧！不僅僅醫術扎實，醫德也很高尚。

「讓我回去！我要打死那個小子！」從大廳的門口傳來一陣喧鬧，接著就聽到有人高聲呼喊。李傑正愁沒有熱鬧，趕緊向著門口跑過去，他看到一夥人架著一個滿頭是血的年輕人進來，不住地勸阻他。

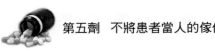

李傑正好在門口，第一個見到病人，用醫生才有的口氣對他們說：「跟我來！」

李傑領著他們到了急診室，卻聽見患者大聲叫嚷：「你們放我回去，看我不砍死他！別攔著我！」

「你們放開他，看他的樣子沒什麼生命危險。」李傑停止了動作，對著幾個年輕人說。

「可是，可是……」幾個年輕人面有難色。

「沒事，看他生龍活虎的樣子，就知道他肯定沒有事！」李傑示意幾個人放開那個年輕人。

剛一放開，那個年輕人便一下躥了起來向門口跑去。李傑一個箭步衝了過去，將他的衣領一拉，一個健壯的小夥子竟然被李傑一隻手硬生生地拉了回來。

「去叫護士過來，快一點。」李傑命令著，領頭的小夥子應聲而去。

滿頭是血的患者很是惱怒，回頭一看李傑正拉著他，剛要發火動粗，卻感覺一陣眩暈，再也沒有力氣了！

只見李傑將這個人翻了過去，讓他臉向下趴在地上，左手壓迫頸動脈，將同側胸鎖乳突肌中段前緣的頸動脈壓至頸椎橫突上，看到頸部、咽部等部位較廣泛出血。

李傑早就發現這個病人臉色蒼白，還在出冷汗，明顯的血液流失嚴重，所以要立刻止血。剛才他跑的時候，血液流失過多，力氣不足，才被李傑一把抓了回來。病人的朋友們不知道，還以爲李傑天生神力呢。

李傑仔細地看了一下病人的腦袋，發現頭部有兩處傷痕，一處明顯的在頂部，應該是鈍器所傷，還有一處在後腦，疑似摔倒的時候，後腦枕骨先著地造成。

在仔細地檢查之後，李傑已經有了主意，他將對方的頭部用生理鹽水沖洗，因爲這個創口較大，而且出血較多，必須要加壓包紮止血。包紮的時候壓力應適度，這需要很多臨床實踐才能掌握，如果壓力過大，頭部的淤血不容易被吸收，壓力太小又不能止血，最後用消毒紗布覆蓋創口，用繃帶包紮。

病人在包紮的過程中沒有再掙扎，等包紮完了，他又恢復了剛才的生猛，對李傑說：「醫生，可以了吧！我要去砍人了，說不定一會兒還要找你！你包紮的技術不錯，一點都不疼！比以前的那個醫生好多了！」

「不行，你現在不可以砍人。」

「靠！你以爲你是誰啊！要你管！」病人掙扎著要坐起來，卻被李傑一把按住。

「你後腦還有傷，必須去拍個片子，我懷疑你腦部受到衝擊，額部會有血塊！」

「開什麼玩笑，我後腦受傷，前腦有血塊？醫生，我以爲你是個好醫生，怎麼年紀輕輕就出來騙人啊！我告訴你，我可不是吃素的，你出去問問，誰不知道我大飛的字號！」

李傑感到好笑，他沒有想到這個年代就有這樣的小混混，看來混混是不分年代的，他可不管病人怎麼想，叫他的小兄弟把他拖走了。

患者的幾個小弟臣服在李傑方才所建立的淫威下，不敢說一個不字。

李傑只是瀟灑地揮了揮手，示意他們趕緊離開。在護士驚奇的目光中，李傑離開了大廳，回到了王永的辦公室。有一些事情他知道的，畢竟在醫院待了這麼多年了，他剛才完全是搶病人。其實也不是故意的，太長時間沒有當醫生，只是想過過癮。

到了王永的辦公室，李傑卻看到石清在無聊地看報紙。

「王永主任呢？怎麼就你一個人？」李傑疑問道。

「早準備去了，馬上手術了，你跑哪裏去了？我在這裏等你好久了！」

李傑可不敢說自己剛才給一個小混混做了一個包紮，趕緊跟著石清一起去了手術室。

附屬醫院的手術室是特別構造的，特別設計的觀察台，目的就是讓學生們觀察手術的過程。

「患者二尖瓣關閉不全、心臟無其他畸形，肺動脈瘤巨大，直徑爲五點二釐米（正常為十九毫米到二十七毫米），瘤壁菲薄，主動脈直徑爲二點一釐米（正常範圍），張璇的情況不是很好！」石清對李傑道。

「這個我知道，不過對於王永主任來說，這不是很難的手術，王永主任肯定能完美完成的。」李傑靜靜地說。

李傑和石清站在觀察台上向手術室的門口望去，王永主任穿著整齊的手術服，帶著大大的口罩，充滿信心地走進來。

這是李傑來到這個世界後，第一次距離手術如此近，雖然這個手術很少見，很困難，但他可以肯定地說，自己就可以完美地完成這個手術。之所以強烈要求觀察手術，還是對於能夠重新上手術台的渴望。

石清看著李傑專注的樣子，想說的話一下子都說不出來了，對於眼前的這個神秘男孩，她有一種說不清的感覺。雖然認識他很長時間了，但是她覺得對於李傑的瞭解卻僅僅只有那麼一丁點。

在李傑的注視下，手術開始了，王永的手術很熟練，畢竟他是國內頂級醫院心胸外科的主刀醫生。李傑不禁感到臉紅，他一直沒有感覺王永怎麼厲害，而現在看來王永在手術操作上並不比自己差。

「中低溫全身麻醉！」李傑自言自語道。

所有的一切都在有條不紊地進行著，李傑在一旁看得也是津津有味，心中卻在幻想自己在手術台上，默默地完成手術中的每一個動作。

首先是開刀，胸前正中切口，對於張璇這樣愛美的女孩，刀口儘量要小，以後癒合會越好，如果處理得好，以後是不會留下疤痕的。

體外循環建立，體外循環是將體內靜脈血引至體外進行氧合，然後再輸回體內，如此，血液可以不經過心臟和肺進行周身循環。心臟內因無血液流動，爲外科醫師提供了切開心臟進行直視手術的條件，這種方法可使心內操作時間大爲延長，使一些複雜的心臟畸形手術成爲可能，但是必須具備一套性能良好、安全可靠的人工心肺裝置。

「肝素注射！」

「血壓正常！」

「心肌保護溶液注射！」

「準備建立體外循環！」

張璇需要人工心臟與人工肺共同運轉，這對於身體虛弱的她來說是一個挑戰，手術必須做得迅速，時間越短對身體的損傷越小。

李傑看著王永的動作，心裏不住地讚歎：「不愧爲附屬醫院的心胸主刀啊！下刀沒有絲毫的猶豫，部位簡直就是精確到家了，手法也是那樣地熟練！手術的速度絲毫不亞於自己，當然指的是現在的速度。」

手術進行得很快，也很順利，體外循環也順利地建立了，李傑模擬的速度也正好跟上王永的速度。

就在打開胸腔的時候，李傑和王永同時停下了，像個木頭人一樣不動了。

「怎麼回事？」石清在李傑的旁邊詢問道。

「出了一點小問題！你看她左肺部的肺動脈！」李傑看著一旁的監視螢幕，冷靜地說。

石清順著李傑指的方向望去，看到了一個與動脈相通的約八釐米大小的半圓型腫塊，形似貝殼，表面似乎已經鈣化，化呈硬殼狀。

「是肺動脈的畸胎瘤！」李傑盯著監視螢幕，用手撐著下巴說出了病症。

「怎麼辦？是不是很危險？」石清緊張地問道。她是學藥理的，對於臨床手術並不是很擅長。

「建立側支循環，打開血管取出這個『貝殼狀腫瘤』。」李傑似乎在對石清說，又似乎在直言自語。

護士不住地擦拭著王永頭上越來越多的汗水，時間似乎停止了一般。王永沒有想到會遇到這樣的情形，在拍片子的時候對這個腫瘤沒有足夠的重視，以爲僅僅是一個很小的腫瘤，

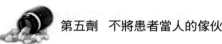

腫瘤的位置也太隱蔽了。

王永不知道為什麼，抬頭看了看李傑，只見李傑對著王主任做了一個肯定的手勢。王永明白，這個手術必須做下去，無論如何也不能失敗。

李傑看了看時間，他在心中模擬的手術比王永還要快，因為王永在中途耽擱了。李傑認為一個好的醫生應該果敢堅毅，上了手術台就不能顧慮太多。

李傑以前做手術的方法就是根本不將手術台上的病人看做人，這樣才可以沒有任何的壓力，病人的存活機率才最大。雖然有人質疑他的想法，但是到了最後，所有人都閉嘴了，因為正是不將患者當人的傢伙，手術成功率是最高的，還沒有任何人死在他的手術台上！

王永小心謹慎地切除了這個畸胎瘤，不由地鬆了一口氣，手術本來就很困難，竟然碰到了倒楣的畸胎瘤。

看了一下時間，王永鬆了一口氣，這個手術的困難度在於時間的把握，以及多個側支循環的建立。最主要的還是時間，在接下來的手術中，時間應該比較充裕了。

接下來是瓣膜的手術，王永熟練地做心臟切口，手術刀由縱向切口進入左房，再經右房切口：自房室溝上方二釐米處切開右房，沿房室溝向外伸延。

一直到心臟切口，王永都與李傑心中的動作一致，但是到了瓣膜的處理上卻出現不同。

王永選擇的是完全切瓣，再縫合人工的瓣膜。

李傑選擇的是保留瓣下結構，因爲切除後會導致心臟收縮功能的降低，由於破壞了瓣環至心肌的連續性，從而產生改變，保留則沒有這些副作用。

到了這裏，李傑在心裏停止了對於手術的模擬，對於他來說，手術已經結束了。李傑離開了觀察室，石清緊緊地跟在後面。

過了一會兒，手術室門口的燈熄滅了，門也隨之打開，王永解開了口罩，終於鬆了一口氣。

李傑早早地就等在門口了，等王永一出來，就緊緊地握住了他的手贊道：「王主任，您的手術真是太精彩了，我向您學到了很多東西！」

「謝謝你！王主任！」讚美王永的不僅僅是李傑一個人，在李傑的後面，出現了一個五十歲左右的中年人。

「您太客氣了，這是我應該做的！」王永謙虛道。中年人點了點頭，就去看張璇了。

「這是張璇的父親張凱，第二附屬醫院的行政院長！」王永看著迷惑的李傑小聲說。

李傑明白了，如此優秀的王永主任剛才爲什麼會在手術中猶豫！

術後幾天，張璇恢復得很好，第三天已經可以下床活動了。

在手術的第二天，李傑就想來看張璇，但怕別人誤會他們是情侶關係。這對李傑來說倒沒有什麼，但他怕張璇會生氣。

到了病房門口，他整了整衣服，敲了敲門。

「進來。」病房裏傳出一個男人的聲音。

李傑推開門，看見一個中年人正站在張璇的床前，正是張璇的爸爸。

「李傑啊！張璇剛剛還提起你，那天要不是你對她急救，還真不知道會怎麼樣！」張璇的父親道。

李傑心中暗想，如果你知道當時我還想用人工呼吸的話，恐怕就不會這麼說了！他心中雖然這麼想，嘴上卻說：「這是我應該做的！您太客氣了！」

這個年代的人還是很保守的，就算是救人，口對口的人工呼吸也會惹來很多的非議。

「我才剛來，怎麼你就走啊！？難道你想給我製造機會？讓我跟你女兒？」李傑又開始了意淫。

「叔叔我送你！」李傑乖巧道。

「不了，你們聊吧！」張凱說完就離開了，病房中就剩下李傑跟張璇，兩個人面對面的坐著一時無語。

「李傑，謝謝你！」張璇先開口說話了。

「謝什麼？我可什麼都沒有做啊？」

「昨天要不是你，我本來不敢做手術的，我知道手術的時候，你一直都在看著我！」張璇說著，臉上泛起一陣紅霞。

李傑想解釋自己看手術的原因，但始終說不出來。他不想讓這個小女孩的夢破裂。張璇情緒如果波動太大，損傷就太大了。

「這是朋友應該做的，關心你的人又不止我一個！」李傑打岔道。

「是啊！我爸爸卻沒有來！」張璇悠悠道。

「別亂想，你父親是關心你的！也許他當天有急事吧！他怎麼會扔下你這個寶貝女兒呢？」李傑安慰道。

「你才看過他一次，怎麼會知道呢？他只關心自己的仕途走得順利不順利，哪管我的死活？」張璇面無表情地說道。

「對了，阿姨在哪裏？我怎麼沒有看到她？」

「我母親早去世了……她去世的時候爸爸也不在身邊，還是在忙他自己的工作！」張璇說著淚水湧了出來。

「對不起！」李傑這句話是發自肺腑，他最怕女人哭。看來張璇是個苦命的孩子，父女的關係不怎麼好，又少了母親的愛護。李傑看著哭泣的張璇也不知道如何來安慰她，張璇卻越哭越厲害，最後趴在李傑的肩膀上，李傑沒有躲避，他知道這時候張璇需要個肩膀依靠。

李傑不住地安慰著張璇，此刻的他，已經不知不覺地佔據了張璇心中一個重要的位置。女人在受傷的時候，心中的防範最爲脆弱，李傑恰恰在這個最脆弱的時候出現。

張璇哭了一陣，漸漸地平靜下來，突然發覺自己竟然靠在李傑的肩膀上，感覺臉很燙，偷偷地看了一眼李傑，發現他有些呆呆的，並沒有注意到自己的變化。她悄悄地閉上了眼睛，此刻，她是多麼希望這樣的感覺可以永遠地持續下去啊！

「其實，你的父親還是很關心你的！在你做手術前，他給王主任打過招呼！你休息吧！手術後應該多休息。」李傑輕輕地說。

張璇像一隻小兔子似的從李傑的肩膀上離開了，背對著他躺在病床上。

李傑有些無奈，他明白自己錯了。自認風流的李傑，怎麼從李文育變成了李傑後，就不懂溫柔了？張璇這種小女孩的心思，怎麼就不懂了呢？

「你好好休息吧！我走了！」

「不要，陪我一會兒好嗎？一個人在病房很悶的！」張璇柔柔地說。

剛剛站起來的李傑聽到這句話又坐了下來，看著張璇瘦弱的身影，他有些迷惘，不知道應該如何對待張璇。作爲李文育，他是一個三十多歲的大人，而作爲李傑他不過十八歲，躺在病床上的張璇也才十九歲。

張璇是一個美女，一個讓李傑血管膨脹的美女，但在李傑心中，她更多是一個孩子。

「李傑，我好無聊，你給我講講故事吧！」

「好啊！」

李傑想了一下，說出一些哄女孩子的笑話，都是他是李文育的時候經常講的。這個招數很有用，每次女孩子都笑到發軟。但是這次連續講了幾個笑話，張璇還是沒有笑。

「李傑，給我說說你的故事吧！」

「我？我有什麼好說的，家住北方農村，父母都是農民，家中姐姐弟弟各一個……」

「你爲什麼要學醫呢？你打算以後做什麼呢？」

「學醫當然是做醫生！不過也許我不做醫生，做個院長也說不定！我認爲改變不合理的醫療制度要比改變落後的技術更迫切！」

「你怎麼跟我爸爸一樣，難道沒有想過別的嗎？」

「你爸爸也說過這樣的話嗎？」李傑驚訝道。

「你們總是更關心自己的事業！你走吧，我要睡覺了！」張璇氣道。

李傑這才想起不應該問那句話，現在張璇生氣了，他沒有辦法也只能離開了，心中卻想著有機會的話，一定要找張璇的父親好好聊聊。

李傑在離開醫院之前，又去了一趟王永的辦公室，聊了一下張璇的病情，根據觀察，她恢復得不錯。李傑本來還想多聊聊的，但病人很多。

他後來想，張璇的父親是第二附屬醫院的行政院長，醫院的體系都是相通的，更別說這兩個屬於同一個大學的附屬醫院了。張璇自有她父親關心，自己倒是多餘了。

石清把那個黑小子帶來時，朱衛紅就看他不順眼，皮膚黑不溜秋的，明顯的日曬過度，還一手的老繭，一看就知道是個鄉巴佬，最可惡的是一雙賊溜溜色瞇瞇的眼睛經常在石清身上轉來轉去，彷彿能夠看穿石清的衣服！也不知道石清是犯了哪輩子的暈，竟然對李傑無恥的目光毫不在意，還跟他親切地說話，而朱衛紅哪怕看她一小會兒，也會招來白眼，真是讓人憤恨啊！

朱衛紅的內心在吶喊：天理何在？天理何在？

朱衛紅看不順眼的黑小子正是李傑。張璇的手術結束後，李傑經過再三考慮決定加入陸教授的實驗小組，因爲陸教授開出了一個他無法拒絕的條件，如果李傑在這個小組的試驗中有所貢獻，陸教授考慮招他爲博士生。

李傑並不是一個學位迷，但有的時候，學位可以事半功倍地完成很多事情。

陸教授成立的實驗室是他個人的研究專案，所有的研究費用都是他自己的腰包出的，並做爲專案的發起人與主要研究人員負責研究。爲他工作的有三個已經畢業的博士生：陳建設、朱衛紅、馮有爲，以及一個在讀的博士石清，現在又多了一個大一的新生李傑。

對於這個專案，陸浩昌教授志在必得，這次如果能成功，他在行業中的地位就會提升到頂峰。

是石清帶著李傑來到這裏的，李傑剛走進實驗室，就明顯地感覺到不受歡迎，特別是跟石清在一起的時候，能感覺到那些人的眼神裏都帶著殺氣，而且是帶著怨怒的殺氣！李傑卻無視所有殺氣，首先做了個自我介紹，可惜沒有人鼓掌，等了一會才有人說話。

「建設，你過來！」朱衛紅向無所事事的陳建設喊了一句，這小子立刻跑了過來。朱衛紅看著李傑，心想，李傑，你小子看看，我的號召力是多麼大，別說陳建設現在沒事幹，他就是昏迷了，聽見我叫他，他也得有點反應。

「衛紅哥，您有什麼吩咐？」陳建設一臉笑容地說。看著陳建設的笑，朱衛紅心裏的滿足感擋不住了。

李傑看著陳建設諂媚的笑容，再看著朱衛紅的臉，就感覺想吐。

「把這些資料給那個新來的！」

陳建設對於朱衛紅的盛氣凜然沒有絲毫的反感，反而報以幸福的笑容。

李傑看著眼前這對活寶，有種想笑的感覺，兩個人都跟傻瓜似的，一個裝得跟大爺似的，另一個則是天生的奴才，是演戲給自己看？他無法理解這對傻瓜，不過忍住笑的感覺真難受啊！

朱衛紅看著陳建設那慢吞吞的樣子就生氣，一天到晚都不知道在忙些什麼，就知道趴在實驗台上，和馮有爲一個德行，人家好歹也有爲，名字叫「有爲」，他這個「建設」什麼都建設不成！

李傑拿著資料，跟著石清找了一個安靜寬敞的地方坐下，石清說：「資料就是關於這個專案的基本情況，研究注意事項，還有陸教授的構想，以及現在的進展，這個實驗很龐大很複雜，不是一時半刻就可以攻克的，所以你也不用著急弄清楚，先跟我們做一下，過幾天你就慢慢明白了！」

「好的，我明白了，石老師！」李傑一邊看一邊說。

「在這裏我不是你的老師了，我們是同事，你可以叫我的名字！」

「那好，小青石！」李傑玩笑道。從上次在醫院聽到王永主任這麼叫石清以後，李傑就感覺這個名字很適合她，石清就是清麗高潔但又不乏可愛的美女。

「嚴肅點，現在不是開玩笑的時候，你應該有壓力，你可別小看了這個專案！你剛剛沒注意大家對你的敵意嗎？」石清嚴肅道。

「明白，我會好好看看資料的！」其實李傑想說，還不是因爲你，你跟我那麼親近，他們能不生氣嗎？

「我們實驗室沒有一個弱者，朱衛紅是個官宦子弟，據說他父親是個高官，但不能因爲這個就小看他，他是有真才實學的！」

「這個我明白，那個奴才相的陳建設也一樣吧？我知道弱者會被淘汰！我從不以貌取人，也不會因爲他的荒誕行爲而小看他！」李傑嚴肅道。

「哦！你明白得倒是很快，因爲你就是這種人吧！」

石清的話讓李傑無話可說，只能埋頭看資料。

只是，李傑越看越是心驚，想不到落後於他所知的時代近二十年的研究，竟然如此深奧。

李傑對於藥學方面的研究不是很瞭解，真正的研究還是從上次陸教授的考驗開始。現在所面對的資料顯然比上次的深奧許多，研究專案是關於免疫方面的，也就是免疫抑制劑，主要用於各種過敏性疾病和器官移植所產生的免疫反應。

李傑所擅長的是心胸外科，雖然其他方面也都不差，但那畢竟是臨床的手術，對於藥物的藥理作用，他也就知道個大概，到底要怎麼做還是模糊不清。關於免疫抑制劑，李傑只明白作用機理，具體內容一點都不知道。

免疫抑制劑對於李傑，應該是來到這個世界後第一次挑戰，他需要靠重新學習來熟悉。

李傑很享受現在忙碌的生活，從上次拿到實驗室的資料以後，他就一直在忙碌，每天都在研究。在融入實驗室之前，他必須把免疫抑制劑的研究弄明白。

當李傑用了四天的時間將這個專案的研究完全掌握以後，他就開始參加實驗室的研究了，但是這時候卻遇到了一點小麻煩。

在實驗室裏，沒有人指望李傑真正對實驗幫什麼大忙，就連十分欣賞他的陸浩昌教授也這麼認爲，在他的眼中，李傑是一個靈氣十足的孩子，年輕而且肯努力，可以算是一個天才。但是這個實驗上，他只是希望借助李傑的靈氣，給實驗一點啓發，最瞭解李傑的石清雖然對他的種種超常的表現感到驚奇，但也不過是驚奇而已，這種驚奇源自於李傑與年齡不相符的成熟，還有他那神乎其技的技術。

李傑當然明白，想要在這個實驗室立足，必須要有讓人承認的技術，讓那些對他有懷疑的人閉上嘴巴。

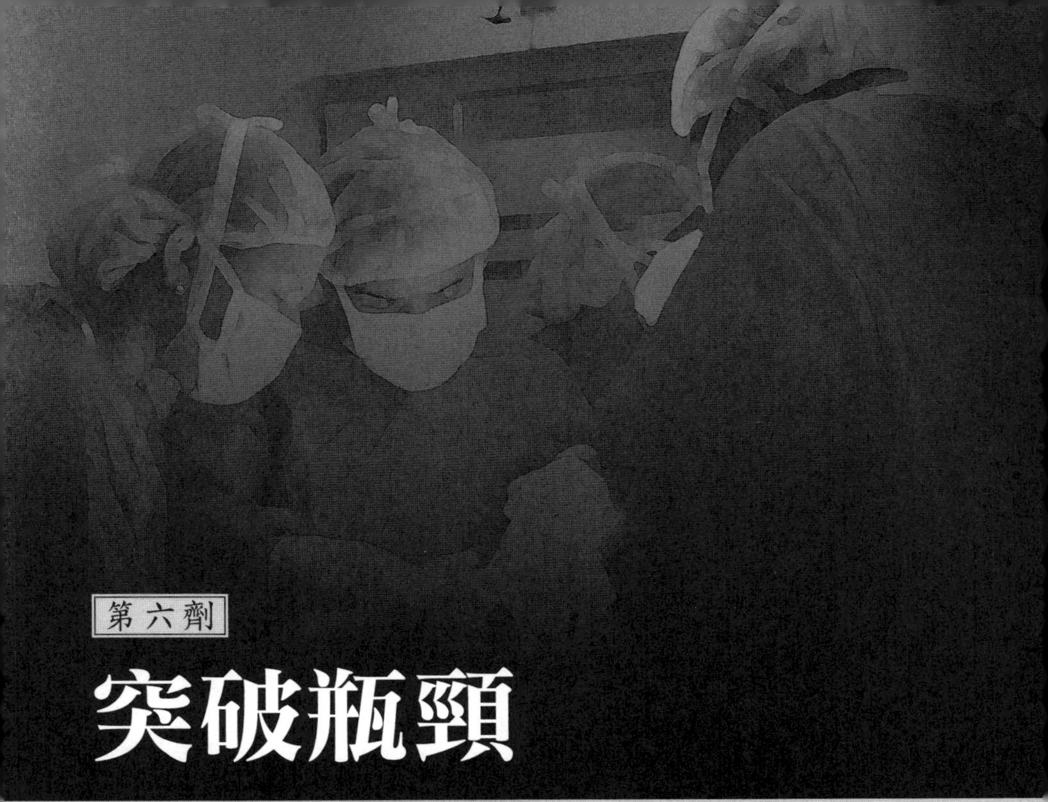

第六劑

突破瓶頸

今天李傑注意到了一個細節，實驗室所有人的臉色都不太好看，
剛開始他以為是對自己這幾天偷懶有意見，
但最後他發覺，罪魁禍首其實是掛在實驗室牆上的那張實驗進度表，
這個進度表說明實驗遇到了瓶頸。
李傑覺得這是一個機會，證明自己的好機會！

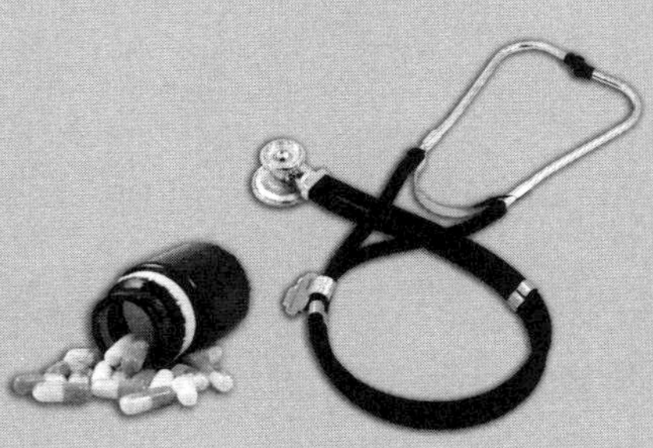

今天是李傑第一次來實驗室，他選擇在拿到資料幾天後來，除了要對資料做深刻的研究以外，還有就是等待陸教授回來。他在前世的經驗表明，如果提前來，就算做出成績也可能被別人搶走。

「新來的，上次給你的資料研究完了？研究完了就趕快幹活！」陳建設對李傑喊道。

靠，這個小子怎麼變臉這麼快啊！對著朱衛紅一臉媚笑，對著自己卻一臉兇狠！李傑看著陳建設那副嘴臉，無奈地搖著頭，無論什麼年代都有小人！

「資料研究了好幾天，雖然明白了不少，但是更深一層還需要師兄們指教！」當然，李傑說的是客氣話，他可不想跟這兩個傢伙一般見識，像他們這樣的博士，在他還是李文育的時候，這些人看見他，都是要彎腰行禮叫「李老師」的。

「你看得那麼快，當然不會完全明白，以後跟我們多學著點！」陳建設不屑地說。

「靠，這種人，早晚有一天你的主人不要你了，看你死哪裏去！說話一點餘地都不留！要不是本大爺看在陸教授的面子上，早就一拳把你這個狗腿子和你的高官子弟主子打到那個世界去了。」李傑雖然涵養不錯，但是對陳建設的囂張還是有點兒不滿。

「好了，別說了！開始幹活了！」石清一身白衣出現了，可惜她還是帶著大口罩和眼鏡，就跟李傑第一次看到她的時候一樣，絕色的面容和誘人的身材統統被遮住了。

李傑沒有再說什麼，跟著石清幹活去了。

想要讓所有的人都閉嘴就要拿出點本事來，而李傑就有這樣的本事。

「李傑，你現在就是給我們做幫手，你對實驗操作很熟悉，但那些跟這個不一樣！你明白我的意思嗎？」石清說道。

李傑點了點頭，他當然知道規矩，無論是在李文育的那個時代也好，現在的時代也好，新來的學生做基礎工作是必經的，但是他已經有準備了，就是做基礎工作，他也可以做得不尋常。

「今天是誰做的血清蛋白？」陸教授在大約三十分鐘後才來，一進來便開始了實驗，過了一會兒，他拿起一份血清蛋白問道。

「是李傑！」朱衛紅看到陸教授有點稍稍變色的臉，便幸災樂禍地說道。

「是不是有什麼問題啊？」陳建設也不是省油的燈。

只有馮有爲沒有說話，低頭幹著自己的事情。

「你們幾個過來看看，小馮啊，你也過來。」陸教授招招手，把實驗室的幾個人都喊到了基礎操作台前，然後向李傑說道：「小李，你把這次的操作給我說一下。」

於是，李傑就把實驗操作過程原原本本地講了一遍。陸教授聽完後，若有所思地停了片刻。李傑知道自己的計畫已經成功了，他已經用最基礎的東西向他們證明了實力。

「石清，小李的這個過程你有什麼看法？」陸教授問。

「我覺得李傑的過程挺不錯的，簡單快捷。」石清如實回答。

「石清，我覺得你除了身材不錯之外，心腸也挺好的嘛！當然眼光也不錯！」李傑看著石清背部的曲線，又在心裏讚歎了一番。

「你呢，小朱，你的看法如何？」陸教授看著一臉不耐煩的朱衛紅。

「我覺得，他的實驗操作一點也不符合我們的實驗要求，也非常不專業，但是真的很快捷，我如果使用這樣的方法會大大減少我們實驗的時間！」朱衛紅的話讓李傑感到一絲意外，他本以爲這小子會像瘋狗一樣攻擊他，沒有想到他還挺有眼光。看來強將手下無弱兵，陸教授的博士生怎麼會差呢！

「小陳，你怎麼看？」陸教授又接著問陳建設。

「我和衛紅的看法一樣。」陳建設看了一下李傑說道。

「你就是那個豬頭的狗腿子，除了拍主子的馬屁，別的什麼也不會幹！」李傑在心裏將陳建設無情地鄙視了一下。

「你覺得呢？有爲。」陸教授看著低頭不語的馮有爲問。

「我覺得李傑的實驗過程有點簡單，不像老師您給我們講的那樣。但是如果他的方法符合要求，我們就用他的！」馮有爲小心翼翼地說。

「李傑，你的實驗操作過程簡單，而且很實用。」陸教授對李傑的實驗過程做了評論。

朱衛紅充滿嘲諷的笑此時凝固在那張肥臉上，像是吃飯吃出半隻蒼蠅似的，旁邊的陳建設也是一臉的不屑。

「有爲，你把李傑的血清蛋白抽出幾份，去做一下定量分析，如果李傑的樣品純度在標準純度的百分之二誤差內，以後我們就用他的方法來提純。」陸教授給李傑一個鼓勵的笑容。

「好的。」馮有爲也不多說話，隨便挑了幾份就拿去分析了。

石清看著李傑一臉的讚賞，她終於明白李傑爲什麼有信心了，爲什麼對於在實驗室立足如此肯定，他是早有準備的!他早想到將實驗的過程簡化，已經有辦法讓陸教授賞識了。

過一會兒結果就出來了。

「陸教授，結果出來了，有誤差，並且超百分之二，但是李傑提純的血清蛋白要優於我們以前做的，也就是說血清純度上升百分之二以上。」馮有爲看著手裏的數據說道。

朱衛紅聽到前半句，臉上的那個興奮勁兒就像是豬見了豆腐渣一樣，不過，當馮有爲說出下半句，他的臉立刻就變成了豬肝色。當然，陳建設的臉色和他的主子一樣，也好不到那兒去。石清則是一臉贊許的微笑，讓李傑心臟又忍不住多跳了幾拍，而陸教授則是一臉的高興。

「好了，我決定以後就以李傑的實驗操作爲準，李傑啊，以後你的任務可就比現在重了不少啊！」說完，陸教授還拍了拍李傑的肩膀：「還有你們！要多跟李傑學習學習！不要那麼死板，要靈活多變！知道嗎？」

李傑沒有得意，他對於這個結果並不是很滿意。陸教授依然讓他做基礎的實驗工作，沒有讓他參與核心專案！

李傑的目的是核心專案，他必須通過努力來證明實驗需要自己的智慧！

李傑結束了第一天的實驗室工作後，拖著疲倦的身體回到了寢室，一開門就聽見筆尖與紙摩擦的沙沙聲與翻書的聲音。

「你們這是在幹什麼？難道集體吃錯藥了？」李傑看見幾個狐朋狗友異常用功，便納悶地問了一句。

「馬上就要考試了！你連這都不知道，你才是真正的大仙啊！」張強看著書，頭都沒抬地說。

「我這幾天一直在實驗室啊！考試的事我怎麼會知道！」李傑一屁股坐在床上，他累得都不想動彈了，突然想起自己的書都是新的，不由有點犯愁。

「王猛，你是我的好兄弟，你告訴我，我們這個學期都學什麼了？」李傑問了一個足以驚天地泣鬼神的問題。

「傑子，我覺得『無知者最無畏』這句話果然還是正確的！」王猛擦了一下頭上的冷汗說。

「無知的人最快樂了！」張強拍著李傑的肩膀說，「傑子，要考的是這個學期學的所有科目，你看看一共發了幾本教科書，就要考幾科。至於重點科目，你把書給我，我告訴你！」

李傑將所有的課本都翻出來一一過目，經過他的細數後，發現只有幾門基礎課大概有點難搞，其他的都不在話下。

李傑首先翻開《大學醫用物理》，一絲不苟地看了起來。他發現自己的知識還是記得差不多的，和以前上大學的時候不同的是研究血液在血管中流動時血管的受力，也就是血流動力學，再就是骨骼受力的作用等等，這時的知識可能稍微簡單一些吧。翻了幾頁以後，李傑便將書扔在了一邊。再看看《基礎化學》更簡單了，他最近都在研究製藥學，化學是製藥的基礎，這些對他來說都是小兒科。

可是當李傑打開數學書的時候，看到那些數學公式便暈了。數學是他最弱的項目，考大學的時候他也是數學不好，後來上了大學，在大一數學就沒有及格。他上大學所以選醫學，就是因爲臨床醫學所要學的《醫用數學》比較簡單，以後考研還不用學數學。

數學難死了李傑。不，那個時候他還是李文育。這比較簡單的《醫用數學》，他一直補考到畢業，才被老師賣了幾分薄面放了過去。

李傑並不笨，對於數學他只是有抵觸的情緒，一看公式就頭暈，一看數字就犯睏。

「張強，你的數學筆記借我看一下！」李傑經過分析，覺得只有數學困難點，於是他決定向自己的好兄弟求助。

「哥！我把你叫哥，你就放了我吧，兄弟我現在對數學也是焦頭爛額的啊！」張強說了一句大實話。

「傑子，我給你指條明路，你去問一下班長大人吧。她絕對有筆記！你沒有上過課，你不知道，數學老師是一個色老頭，對班長可好了。我今天還看到班長拿著數學書去他辦公室了！」王猛給李傑指導了一條比較陰暗的明路。

「看書，看書，我先看看別的，數學明天再說！」李傑想起于若然那天給自己的一巴掌，心情就不好。那天打完以後竟然不來道歉！現在還要自己去求她？開玩笑！不去！李傑毫不猶豫的選擇了化學書，他決定今天先弄這些比較簡單的。

李傑在異常濃厚的學習氛圍中，和他們宿舍的一干人等一直用功到了深夜。

「傑子，我給你找了一份數學筆記，你下午的時候來一趟五號樓四樓的自習室！」中午吃飯的時候，王猛對李傑說了一句。

「王猛，你可真是我的好兄弟啊！不過你爲啥不現在給我？」李傑將王猛誇獎一番。

「傑子，我也正要去拿筆記，你在這慢慢吃吧，我先去拿，然後給你看！」說完，王猛便急沖沖的走了。

李傑看著王猛迅速消失的背影，感覺這個小子有點古怪，不過爲了數學，就算被整也心甘情願了。李傑趕緊吃飯，決定一會兒吃過飯就立刻去自習室。

下午的時候，于若然「比較湊巧」地在自習室外的走廊上，遇見了一直以來幾乎就沒上過幾節課的李傑。

于若然也沒有想到會在這裏碰到李傑，上次的事情她一直愧疚，但是卻不好意思道歉。上次她也不知道是怎麼了，聽到李傑和張璇在一起，就氣不打一處來，很衝動地打了李傑，其實事後很後悔。

但是一個女兒家，怎麼好意思去道歉呢？更何況是因爲吃醋道歉，雖然她不認爲自己吃醋。此刻見到了李傑又想起了自己的衝動，臉紅起來，低著頭也不知道說什麼好。

李傑看到于若然尷尬的樣子，感覺有些好笑。雖然他身體年齡只有十八歲，但是作爲李文育，是經常混跡女人間的老手，對於于若然的心思又怎麼會一點不知道？于若然在他眼中就是一個情竇初開的小女孩，而且還是一個很有意思，很有個性的小女孩。

「哦，你竟然也在，你有空嗎？能幫幫忙嗎？」李傑問道。

「對不起李傑，上次是我不好。」于若然用力地抱了抱懷裏的書，低著頭，眼睛看著腳尖，聲音小小的。自從上次誤會李傑之後，于若然在李傑面前總覺得不太好意思，老是將頭埋在胸前。不過，讓于若然感到欣慰的是，李傑之後依然沒有上課，要是他天天去上課的話，于若然一個學期下來，還不被他診斷出個「頸椎間盤突出」之類的病啊。

「哈！那個事情啊，你要是幫幫我，我就忘了！」李傑玩笑道，「你把數學筆記給我看看吧！我求你幫忙就是讓你幫幫我的數學！」

「行！不過你看完了，能不能儘快還給我！」于若然還是低著頭，把數學筆記遞給了李傑。

「謝謝啊！我看完就給你，我走了啊！」

李傑正轉身欲走，聽見于若然說：「等等，我幫你講解講解吧！我的筆記很亂，我怕你看不懂！」

李傑知道于若然這是藉口，或許她想要說些什麼，於是點頭答應。

兩個人走出自習室，打算去學校的花園找一個可以坐的地方，因爲自習室都比較安靜不方便說話。

兩人並排走著，走得很慢，在別人看來，他們是在散步。

「其他科目復習得怎麼樣了？」于若然輕輕問道。

「昨天晚上看了一下，感覺還行！」李傑不在乎道。

「李傑！聽說考試是很嚴格的！你一天到晚都不上課，我真的擔心你會不及格！」于若然突然停下腳步，語氣突然強硬起來說，「你要知道，這個學期你學分修不夠的話，是會留級的！而且掛掉的學分如果過多，是不能畢業的！」

「你放心好了！我不會的！」李傑依然不在乎的樣子。

「真是拿你沒有辦法，你沒有上過課，很多東西不是光看書就能看明白的！你明白嗎？你也許有自己的學習方法，但我覺得上課才是最好的方法！」

李傑看著于若然真誠的樣子，心中突然有種奇怪的感覺。或許這種感覺就源自于若然的真誠吧！

李傑一直都有自己的打算，上大學一是混學位，其次是來瞭解一下這個世界的醫學水準，順便再復習一下醫學知識，特別是基礎的知識。最後他還有一點自己的想法，重溫一下大學生活。

在社會上混久了，就會越發想念大學的生活，在社會上發現到處都是利益關係，充滿了爾虞我詐，就會越發懷念大學同學之間純潔的友誼，那是一種純潔得沒有任何想法的關係。

李傑上大學已經快半年了，同寢室的好兄弟們如王猛、張強之流，雖然屬於狐朋狗友，但是他們真的對李傑好，李傑蹺課的時候，他們不止一次說過他，于若然雖然有點純真過頭，但也是傻得可愛。

李傑很享受大學生活，無憂無慮，可以看自己喜歡的書，沒有壓力，幹自己喜歡的事情。

但是這一切就快要過去了，李傑已經下決心離開這裏。

「下個學期我會提前修學分，我決定申請提前畢業！」

「李傑，你到底是個什麼樣的人呢？我真是越來越看不懂你！」

「你現在一定覺得我是一個囂張的人，說話不符合實際，喜歡幻想對吧？」李傑問道。

于若然點點頭，接著又搖頭說：「不，我有種感覺，你是認真的，你有很多事情都是不可思議的，也許你真的可以提前完成學業！」

「哈哈！你就別誇獎我了，要不然我會更囂張的！」李傑大笑。

兩個人說著已經走到了學校的花園，找了一個石凳坐下，開始在數學的苦海中掙扎。

李傑學習很認真，也很快，僅僅一個下午就把所有的題目全都弄明白了，于若然對此驚訝極了，對於李傑提前畢業的豪言壯語又多了幾分相信。

「好了，我學完了，班長大人，這個筆記我帶回去再看看，明天給你吧！」

「我承認你真的很聰明，沒想到你一次也沒有學過的東西，一個下午就可以搞定，難怪你有那麼狂妄的想法！不過學習是應該一步一步走的，你不能要小聰明……」于若然不知不覺又開始了領導派頭的長篇大論。

李傑在她的教導下不住地點頭稱是。十幾分鐘後，于若然說累了，李傑趕緊保證：「班長大人您放心，我在以後的學習工作中，將您的教誨時刻牢記在心！我以後一定要好好學習，天天向上，不辜負班長的殷切期望，做一個努力進取的好青年！」

于若然沒有聽出李傑的言不由衷，以爲他真的開竅了，心裏很高興。就在這時候，李傑說了一句讓她難堪的話，「班長，回去再吃點我上次寫給你的藥，今天你陪我坐了一下午石頭凳，你的痛經又該犯了！」

「你，你，你……」于若然一生氣，說話都變得不太流暢了。

李傑看著于若然那張不知道是因爲發怒，還是由於害羞而漲紅了的臉，一種異常的滿足感油然而生。

「再見！班長大人，保重啊！」他拿著于若然的數學筆記，趁著她沒有發怒前，快速地跑回到了宿舍。

李傑的復習進行得很順利，畢竟他是學過一遍的，就連學習數學的時候，于若然都認爲李傑有點天才，更別說其他的科目了。

在考試結束後沒幾天，李傑的個人成績首先走漏，宿舍又開始了新一輪的討伐活動，原因沒有別的，他們覺得李傑的成績簡直就是逆天級別的。

「太沒天理了，王猛，你別拉著我，我要去跳樓！」看著李傑除了幾門基礎課，其他的科目全部滿分的成績，張強就有想跳樓的衝動。

「去！我可不是攔著你，不是不讓你跳，是要我先跳！你一會兒要先看看我跳樓以後的慘相，然後總結一下跳樓最慘的死法，最後再把李傑拉上一起跳啊！」王猛把李傑往張強懷裏推了一把。

「我不跳，我要看看你們是怎麼融化在藍天中的！」李傑對跳樓的建議堅決反對。

「李傑，你是怪物嗎？不上課還能考這麼好？」王猛問。

「你光看到我不上課了，就沒有看到我學習啊，我可是天天在圖書館偷偷學的！」

「我就知道你個混蛋在學習，什麼也不說了，拿了獎學金請吃飯！」王猛恨道。

「爲什麼啊！王猛，你也有獎學金啊！張強，你也有錢發吧！」李傑正反駁，卻發現兩人眼神不善，於是趕緊閉嘴。

大考結束以後，李傑倍感輕鬆，在這段時間他是最累的。學習的這段時間也沒有忘記去實驗室工作，每天幾乎都沒有時間睡覺。還好只是幾天，在他還是李文育的時候，就已經喜歡上了這樣的拚搏。

李傑很努力，但是實驗室的夥伴們似乎並不領情，李傑也知道，這些傢伙們對自己或多或少有些看法，就連石清和陸教授也並不是完全信任他，而另外三個人對他根本不信任。

李傑也懶得和他們打交道，這些「小傢伙」在他還是李文育的時候，只能是給他打雜而已。李傑準備考試的那段時間也比較忙，所以實驗室的工作一完成，他幾乎每次都是立刻跟在石清後面，一搖三晃地離開實驗室，這讓朱衛紅覺得不開心，而且是非常不開心。

「衛紅哥，你看那個黑小子，每次都這麼早就離開了，也不打掃一下，他難道不知道自己是新來的嗎？」陳建設不滿地說道。

「有爲，你說他像話嗎？」朱衛紅沒有理陳建設的話，向不遠處還在整理實驗器材的馮有爲問。

「李傑已經把他的試驗器械整理好了，新人雖然應該多幹點，但是也沒有誰要求一定要多幹，他不願意也就算了吧！」馮有爲看也不看朱衛紅，繼續整理著他的實驗器材。

「這個馮有爲真是讀書讀多了，是不是有點傻了！」朱衛紅對馮有爲的回答感到不舒服，暗自想道。

馮有爲對李傑也不是沒有意見，但是他什麼也不說，他覺得自己不像朱衛紅有個高幹老爸，可以少奮鬥三十年，同時也不屑於像陳建設一樣阿諛奉承，爲自己找個牢靠的靠山。他也不會有石清那樣幸運，這麼早就被教授注意到，馮有爲是靠著自己的努力一步一步走上來的，爲了能夠進入這個實驗室，他擊敗了無數的對手，能有今天是很不容易的。馮有爲認爲，只有自己擁有知識才是驕傲的資本。

至於同學們對於李傑的意見，馮有爲認爲這源於他們對李傑的不信任，還有就是這個小子跟石清走得太近。這裏所有的男人都喜歡石清，包括馮有爲自己，但嫉妒不能成爲一個人討厭另一個人的理由。

至於李傑是否有真才實學，這是教授要考慮的事情。對於教授，馮有爲還是很相信的，這裏的每一個人，都是靠自己的實力來到實驗室的！

馮有爲看著朱衛紅和陳建設湊在一起嘀咕，覺得自己沒有什麼必要和他們一起摻和，他們最多就是抱怨抱怨，又能怎麼樣呢?還不如回去研究研究爲什麼現在實驗進度突然慢了很多。馮有爲在整理好實驗儀器後，也便離開了實驗室。

李傑雖然早早地離開實驗室，但是不代表他是回去偷懶。在考完試他就給家裏打了電話，確切地說是給村裏打電話，整個村子裏只有村委會有電話。村長對於李傑很是關心，在電話裏聊了一會，一直說到李傑的媽媽過來。

李傑告訴媽媽放假不回家，要打工賺錢，又對家裏情況詢問了一番，說了很多關心的話。掛了電話，李傑知道是時候來大幹一場了。

今天李傑注意到了一個細節，實驗室所有人的臉色都不太好看，剛開始他以爲是對自己這幾天偷懶有意見，但最後他發覺，罪魁禍首其實是掛在實驗室牆上的那張實驗進度表，這個進度表說明實驗遇到了瓶頸。

李傑覺得這是一個機會，證明自己的好機會！

深夜了，李傑感覺很無聊，怎麼也沒有辦法讓自己安靜下來，於是他決定去找石清聊聊。

石清住的地方距離李傑不遠，因爲她現在是在讀博士生，做老師是學校不成文的規矩，研究生或博士生來帶大一大二的學生實驗，因爲老師永遠是忙不過來的。

現在放假了，人比較少，李傑在樓下喊了半天，最後還是樓管實在受不了他的嚎叫，上去幫他叫人。

石清下來，看到李傑就忍不住笑了。

「小青石姐姐，你笑啥？」石清的笑，弄得李傑莫名其妙。

「去，叫我石清姐姐，不許學王主任！」

「說起王主任，我想起來了，張璇怎麼樣了？很久沒有見過她了！」

「還好久沒有見過她了，你跟她一共也沒有見過幾次吧！我開始還以為你們是情侶呢，後來我才知道，原來你們才是第三次見面啊！」

李傑臉一紅，也不爭辯。

石清看到李傑竟然沉默，也不好再逗他了，繼續說道：「張璇術後癒合良好，現在恢復得也差不多了！你要想去看她，我帶你去啊？她爸爸跟陸教授挺熟悉的，我也認識。」

「不用了，她沒有事就好了。今天我是有事情跟你說的！」

「要是沒有事，或者你就是為了你的小情人把我叫下來的，我還真的要罵你了！」

「姐姐別生氣，我請你喝飲料！」

「免了吧，你快說吧！」

「你不覺得實驗室有問題嗎？」

「你這句話問得正好！的確有問題，而且是很大的問題！現在實驗遇到了瓶頸，進度很慢，大家因此都很煩躁，越是煩躁越是慢，現在已經惡性循環了。」石清說道。

「陸教授呢？他沒有注意到嗎？」

「他為了這個實驗幾乎壓上了全部的身家與前程，如果他實驗失敗，估計以後在醫藥界會很難立足，他已經得罪了很多人了！唉！不應該跟你說的！」

「我明白的，成則為王，敗則為寇！」

「現在大家每天都像個陀螺一樣轉個不停，沒有人停止，停止則意味著終結，陸教授如果不能完成實驗，大家這麼多年也白幹了！」

「我想每個人都想找出瓶頸的原因，如果我能夠找出來，會怎麼樣？」

「你？李傑，你很聰明，也是我見過的最天才的人，但是你畢竟是學臨床的，在製藥方面，你給我的驚喜遠遠不如臨床方面多，你小看了實驗室的其他人，朱衛紅雖然老爹是高官，但是你要知道，他是陸教授近五年裏招到的最有才華的弟子；陳建設，他雖然一副奴才相，但是陸教授千辛萬苦從別的教授那裏挖來的高材生；至於馮有為，他是陸教授定的接班人，你明白我的意思嗎？」

「小青石姐姐，你還沒有說你呢？」

「我？我就沒有什麼了！進入實驗室不過運氣好而已！」石清自嘲道。

「不對，你以後可以這麼介紹自己，你是『天才』李傑的老師。」

「我發現你越來越囂張了！」

「囂張也要有資本！相信我，我一定可以突破這個瓶頸！」李傑自通道。

石清看著自信的李傑，她有些不明白，李傑的自信是從哪裏來的？憑什麼一個剛剛上大學的臨床學生可以攻克這個難題？

對於李傑這個謎一樣的男子，她始終是看不懂。

李傑在將近一個月的時間裏，忙得連宿舍都沒有回過幾次。其他人也差不多將實驗室當成了家。不過，實驗的進展還是異常緩慢，這讓大家的情緒非常低落。

製藥本來就不是李傑的強項，不管是在李傑，還是李文育。

李傑在實驗室裏也學到了以前從來沒有注意過的一些事情。看來以自己目前的水準，還不足以在製藥方面藐視一切。

還是李文育的時候，他只是用一個心胸外科醫生的眼光來選擇藥物，那個時候只是對應用於心胸的藥物做全面的研究，至於其他方面的藥物，主要是不良反應關注得多一些，只有在個別情況下，才關注幾種特別藥物的作用機理。

當李傑重新審視自己的看法時，他發現，藥物的作用機理原來是如此複雜，如此晦澀難懂，尤其目前研究的專案：免疫抑制藥。

陸浩昌研究的項目如果成功了，甚至可以成為諾貝爾獎的有力競爭者。

但是，李傑並不是一個輕易服輸的人，他利用一切可以利用的時間，開始惡補藥學知識。

李傑也是一個比較執著的人，認定一個目標之後，就會始終不渝地堅持下去。正是李傑的這種執著，使他的實驗理論和實驗手法在短期內都達到了一個以前從未有過的高度。當然很多是得益於他的臨床知識，以及多出的二十年的見識。

這段時間的努力並沒有白費，將自己在短時間內學到的知識，結合曾經的經驗在實驗中運用並且驗證的時候，李傑發現，陸教授實驗理論的方向有點偏差，或者說是有一些錯誤，這些也許就是造成研究瓶頸的原因。

李傑原本以爲是自己的實驗手法有問題，畢竟他是把剛剛學到的知識運用到實驗中去的，難免會有些生疏和不全面，但隨著實驗，他越發覺得陸教授的實驗理論和方向有問題，他對於藥劑的作用理論太執著，而沒有注意到一些其他方面。

李傑發現錯誤的時候有些欣喜若狂，但很快就冷靜下來，思考後，他做出了決定。

李傑首先把自己的想法說給石清聽，石清開始也是一臉懷疑，難以置信地看著李傑，如果李傑真的發現了實驗瓶頸的原因，那他實在是難以想像的天才！

當李傑將自己的實驗過程和實驗理論講出來後，石清的懷疑減輕了不少，將李傑的實驗想法和實驗步驟完完整整地記錄下來，經過她的研究與認證，覺得很有道理，但是她並沒有說什麼。

於是，李傑只得把自己的想法暫時封存起來，他知道事情差不多了，石清一定會去告訴陸教授。

果然，在第二天實驗完成後，陸浩昌把石清和李傑一起叫到了辦公室。

「李傑，你把給石清說的理論再說一遍，我覺得你的想法挺有意思！」陸教授手裏拿著的正是石清記錄的李傑的實驗理論和方法。

「李傑，陸教授覺得你的實驗理論和實驗方法，與我們這個實驗項目有點不一樣的地方，你說說看！」石清在一旁補充道。

「李傑，說錯了沒關係，年輕人嘛，就是要有一種敢想敢幹的衝勁！」對於有些恐慌的李傑，陸教授給了他一個鼓勵的微笑。

「我覺得，陸教授的實驗理論在開始的時候，還是非常準確的，非常有見地，只是在最近的試驗中，有少許不可避免的偏差，您的研究方向是如何將免疫作用控制在一個可以使移植物存活的條件下，使機體的免疫抵抗不至於失去原有的作用，這個大方向是正確的。」李傑頓了頓，繼續說：「但是，您只考慮了機體的一個方面，也就是機體的直接識別，而忽略了間接識別，這就是現在的實驗進展會如此緩慢的原因。您是知道的，直接識別，是指供者的抗原提呈細胞將其表面的主要組織相容複合體分子，或是抗原肽主要組織相容複合體分子直接提呈給受者的同種反應T細胞，從而引發排斥反應。我們現在正在做的，就是將受者的反應T細胞活性降低到一定的水準，從而減緩受者的免疫排斥反應，但就是因為這種減低T細胞活性的方法，會使受者的機體抵抗力維持在一個相對脆弱的狀態，而這種狀態難以有效地使機體進行免疫抵抗，從而引發受者一系列的由於免疫低下而引起的各種併發症。」

「嗯，你說得對，但是以目前的方法是一條最簡捷、也最適用的手段了。」陸教授聽完李傑的話，贊許地點了點頭。

「這只是一條大家都在走的路，以前很崎嶇，現在似乎有點平坦了，因為大家都在走嘛！」李傑的話讓人覺得，他似乎有一條崎嶇，但是從來都沒有人走過的路。

「那你說說看，你的路究竟是什麼樣的，究竟能不能走？」石清問了一句。

「我的想法是，教授忽略了一個方面，那就是利用機體的間接識別功能，將移植物中的同種異型反應淋巴細胞做一下抗原改變，讓移植物的同種異型反應淋巴細胞的表面抗原，改變為受者的抗原提呈細胞不可識別或不可提呈的特異型同種類似抗原，這樣就可以很大程度上避免受者的抗原提呈細胞的特異型免疫反應，從而達到免疫耐受，使移植物不再被受者所排斥。」

李傑將詳細的想法說出，陸教授並沒有什麼驚喜的表現，只是淡淡地微笑著，示意他把剩下的話說完。

「我的下一個方法是將受者的T細胞活化過程做一下輕微的抑制，這樣可以使移植物的存活率更高，將受者的T細胞活化過程中的IL—2基因轉錄做一下干擾，用我們已經研製出來的試驗代號爲LWY—005的製劑，將細胞內與之結合的結合蛋白進行抑制，使IL—2蛋白不能充分有效表達，從而達到抑制免疫的作用。」

李傑面無表情地看著吃驚得合不攏嘴的石清，又看了一眼陸浩昌。

「你是如何想到這些的呢？」陸浩昌問道。

「也許我是學習臨床的吧！我的想法不是那麼正規，誤打誤撞就碰上了！我只是想到移植免疫的反應，無非就是抗原的反應，那麼移植過來的器官不就是一個大抗體嗎？身體肯定有排斥的作用！」

陸浩昌對李傑的看法十分贊同，給他將近一周的時間把實驗理論和實驗方法詳詳細細地寫一份工作計畫。

在陸浩昌眼裏，李傑有一股子靈氣，他帶李傑進來就是爲了給實驗室增加一股靈氣，並沒有指望他能對研究做出什麼實質貢獻，沒有想到李傑竟然不僅僅有靈氣，更有實力，他所做的貢獻可以說是挽救了瀕於崩潰的實驗室。

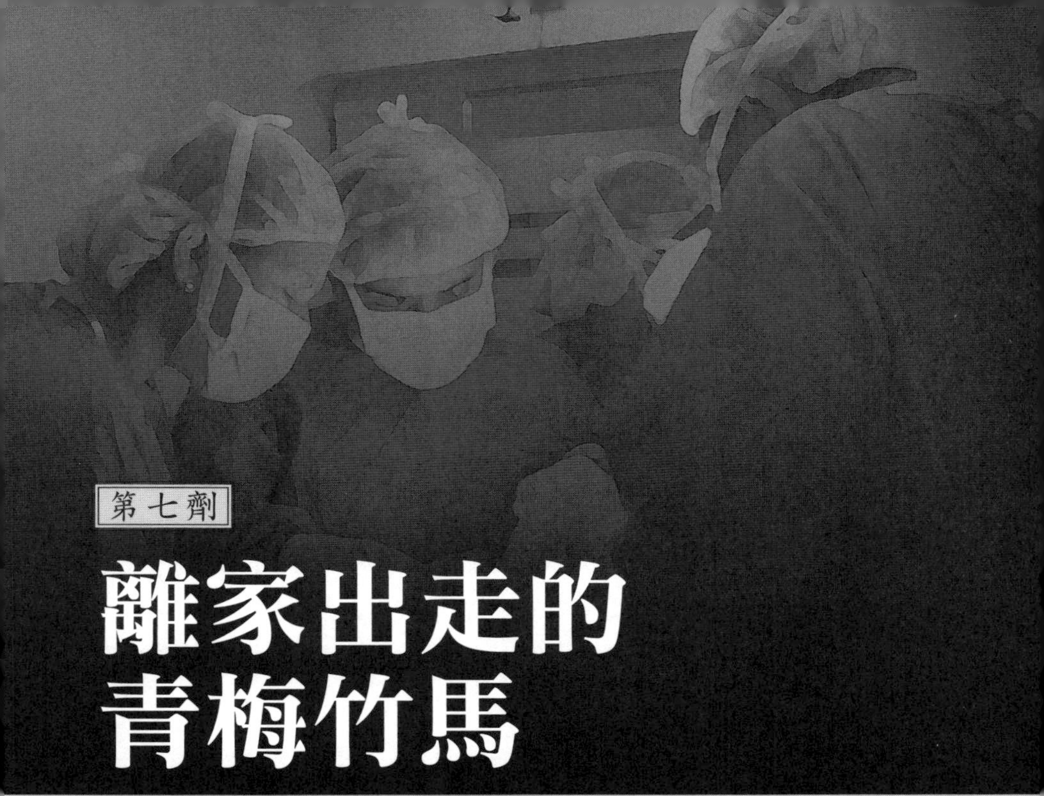

第七劑

離家出走的青梅竹馬

李傑歪著頭，看著劉倩一步一步艱難地挪動著步子，
此刻，她也是全憑意志力在支撐，
爬這麼高的樓已經超越了身體的極限。
頂樓的風很大，劉倩的衣服再也不能遮擋她完美的身材，
在晚霞的照耀下，有一種別致的美。
「李傑，謝謝你！」劉倩說道。
「為什麼謝我？」
「謝謝你陪我爬樓，這麼傻的事情我以為只有自己會做！」
劉倩理了理被風吹亂的頭髮，
向前走去，一直走到大樓的護欄邊。

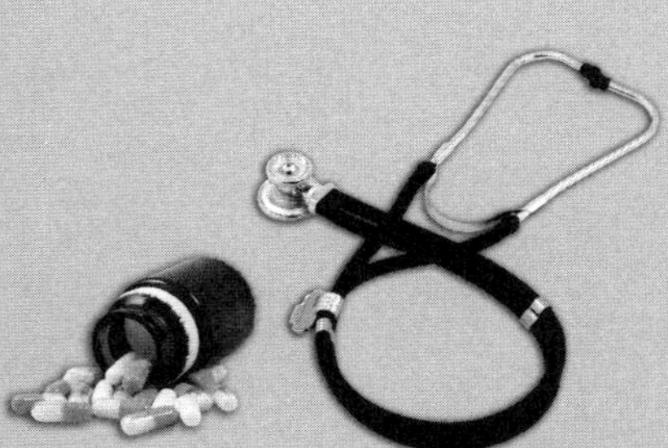

李傑在石清的輔助下，只用了三天不到的時間，就完成了實驗理論和實驗方法的書面化。陸教授在看了李傑的資料後，又提了幾個關於實驗的問題，就將資料交付給列印室，李傑所提出的方法已經被採用了，困擾他們很久的瓶頸終於突破了！

李傑完成實驗以後，並沒有休息，也沒有回家，這次必須再加把勁來完成實驗。

「石清，你這是什麼意思？」李傑一早剛到實驗室，就聽見朱衛紅失態地咆哮。

「什麼意思，你自己看不就明白了嗎！」石清看著手裏拿著新實驗計畫的朱衛紅，毫不客氣地回了一句。

「李傑，到底是怎麼回事啊？」陳建設看到剛進來的李傑，便問了一句。

「什麼怎麼回事啊？」李傑此時也是一頭的霧水。

「你看看陸教授的新實驗計畫！」陳建設遞給李傑一份計畫。

李傑看到，在新的實驗計畫的封面上，緊跟在陸浩昌姓名之下的赫然就是自己的大名。石清的名字也提前了，和馮有爲並列，但是陳建設和朱衛紅都在自己的後面。

李傑驚奇道：「我只不過是提出了一個實驗改進方法而已，怎麼就變成了陸教授的第一助手了？」

朱衛紅氣得幾乎要暴走了，他指著李傑卻不知道說什麼好。

「小朱啊，李傑對我們的實驗專案有著非常大的啓發和幫助啊！你們也要加油，我們這個排序以後還是要換的！」陸教授此時也到了實驗室，想必也看到了朱衛紅失態的面孔。

聽陸教授這麼說，朱衛紅也不好再找李傑的麻煩，按照實驗分工開始了工作。

李傑看到朱衛紅的樣子就感到好笑，對於這樣的人，他並不在乎，他更多注意的是馮有爲。其實李傑地位的提升，打擊最大的應該是他，但是他卻一點表情也沒有，只是悶頭繼續著自己的實驗。

李傑不會因爲這點小事分心，到了實驗台就全心全意地投入到工作中了。

「李傑，教授有事情找你。」石清打斷了正在專心工作的李傑。

「小青石姐姐，你能告訴我是啥事情嗎？」

「不知道，其實陸教授在開始的時候並不相信你，他以爲這個想法是我的，所以認爲是我想幫你！其實我哪裏有那種天分！」石清黯然道。

「怎麼能這麼說，我不過運氣好撞到而已。」

「你快去吧，這次我能提升也是靠你！」

李傑微笑著敲開了陸教授的門，其實對於自己的提升，他早就知道。如果手下有了成績而不提升，這樣的領導就是工作失誤。對於石清，李傑完全有意幫她，當然也有一部分是私心。發現了教授的錯誤，李傑如果自己直接去糾正，那麼就犯錯誤了，領導犯錯誤不能當面糾正，要想辦法讓他知道。李傑讓與教授關係最好的石清去，教授就不會對李傑有什麼想法了。

「小李，來坐！」陸浩昌教授熱情地說。

李傑找了個位置坐下，說：「陸教授，您找我有什麼事情？」

「也沒有什麼，你曾經說過，你想考取製藥工程的博士，對嗎？」

「是的，陸教授，我想考取您的博士！希望多聆聽您的教誨！」李傑畢恭畢敬地說道。

陸教授笑了笑說：「其實你現在已經達到了博士生的水準，但是，你還是要考試。還有幾個月我會再招收一次博士生，你必須通過全國的統招考試，達到學校的水平線，至於你的報考資格，我可以幫你辦理！」

「多謝陸教授！」李傑站起來鞠躬道。

「要多謝，我還要多謝謝你！如果不是你，我的實驗就沒有這麼順利！」陸教授感慨道。

「這是我應該做的，何況我這次也許是運氣好！」李傑謙虛道。

「科研怎麼會有運氣這種事情！看似運氣其實都是實力，我決定將研究所百分之五的股份轉讓給你，以一塊錢的價格！」

「陸教授，這……」李傑受寵若驚，又站了起來。

「坐下坐下，你放心，這是我個人轉讓給你的，他們每個人都有百分之五的股份，除了你沒有。我覺得這對你不公平，你的貢獻並不比他們少！」

李傑如果獲得了百分之五的股份，就意味著這個研究百分之五的收益將是他的。他明白此項研究將來的收益有多大，將來所有的器官移植都必須用他們的藥物。

「可是，陸教授，我是來跟您學習的，能跟著您學習已經是我的榮幸了，怎麼能要您的股份呢？」李傑說道，現在連他都不相信自己是一個單純的農村孩子了。

「不要推辭了，就這麼定了！你要記住，研究如果成功，我們就會一步登天，也許可以憑藉著這個研究拿到諾貝爾獎！」

李傑推辭不過，只好接受。他的表情沒有什麼不自然，但是心中卻已經樂開了花，陸浩昌無論如何也想不到一個憨厚的農村孩子會算計他。

李傑對於研究的確做出了大的貢獻，憑藉這個貢獻，他達到了自己的一個目標：成爲實驗室的核心人物，憑藉貢獻得到了百分之五的股份。

在李傑的報告中，用了很多陷阱和隱藏信息的技巧，一般人看起來這是一個完整無瑕的報告，但是實際操作起來就會錯誤百出。也就是說，李傑留了一手。陸浩昌也許發現了，或許根本沒有發現。這都不重要，無論如何，陸浩昌只會賞識他，不會追究。最重要的是陸浩昌給他百分之五的股份，顯然就是爲了拉攏他。

在科研界，人才永遠是第一位的！

李傑心情很好，實驗室的繁重工作似乎也輕快了很多。對於朱衛紅和陳建設的仇視，他統統無視。

時間過得很快，李傑收拾了實驗台正準備和石清一起回去的時候，卻被馮有爲叫住了，李傑只能在心中暗罵這個打擾自己和漂亮姐姐相處的混蛋。

「有爲兄，你找我幹什麼？」李傑被叫住後，一直在等馮有爲。對方收拾實驗台很慢，收拾完又帶著他走了很長時間。

馮有爲一直把李傑帶到了實驗室的屋頂，他站在屋頂的邊緣，雙手扶著欄杆，目視遠方。微風在這種高度也狂躁起來，一陣接著一陣帶走他身上不多的溫暖，但他卻似乎對此絲毫不覺。

「李傑，你到底是什麼樣的人？」馮有爲開口問道。

李傑搓了搓手，又拉了拉衣服，恨不得把整個人都躲在衣服的包圍中，屋頂的大風讓他感覺身體的溫度在一點點下降，他冷極了，對於馮有爲的問題並沒有用心去想，隨意回答道：「你說呢？我們在一起工作也很久了，你想什麼樣就是什麼樣吧！一萬個人眼中也許有一萬個我！」

「你知道嗎？其實我很早就發現實驗的瓶頸所在，但是一直沒有辦法真正理解。」馮有爲轉身說道。

「哦！那太可惜了！」李傑還是一副不在乎的樣子。

「我記得你不過是一個大一的臨床學生，爲什麼要來實驗室！你知道嗎？如果你不來，破解瓶頸的會是我！」馮有爲吼叫道。

「原來是爲了這個事情啊！虧了你還是陸教授指定的高徒，人生的成敗都是正常的，你連這都看不透，還怎麼混啊！」

「我從小時候開始，所有的比賽，所有的考試，甚至所有參加的活動遊戲，我從來都是第一！不論別人年紀比我大多少，我都是第一！一直到現在因爲你的出現我才做了第二！而你竟然是一個大一的臨床學生！」

李傑看到馮有爲痛苦的樣子，很想告訴他，自己作爲李文育的時候有多麼威風，可惜這些都不能說。李傑走到馮有爲面前，拍著他的肩膀說：「現在我並沒有贏你，這不過是實驗的一步，在後面還是有很多機會的，你現在依然是第一，陸教授依然認爲你才是他的第一接班人！」

「你說的是真的嗎？他不會因爲我的失敗而拋棄我嗎？」馮有爲聽到李傑的話，立刻從悲傷中擺脫出來。

「當然了！這次我多半是靠運氣的，還有石清幫忙，要不然我怎麼可能完成這麼困難的事情，我又不是天才！聽說你從小時候就是天才啊！」李傑說完就感覺自己太善良了，爲了幫這個小子竟然說自己不行。

「哎，別說了！李傑，你是個好人，這次我的確輸了！你說得很對，我們還有機會再較量下去，看看誰是周瑜，誰是諸葛亮！」

李傑驚訝地看了看馮有爲，剛才還覺得這個傢伙是一個心智不全的人，他的表現是一個從小就被冠以天才名號的孩子，這樣的孩子不能受挫折，一點小小的打擊都足以崩潰，這回一下堅強了，還對李傑下了戰書！不過李傑可不怕，他堅信自己會勝利。

「這太嚴重了，周瑜最後可死得挺慘的！」

「既生瑜？何生亮！」馮有爲對空曠的天空吼叫著，聲音隨著呼呼的風聲向遠方傳去。

李傑突然有種感覺，如果自己真的繼續下去，馮有爲也許真的會是周瑜的下場，如果自己沒有穿越來這裏，馮有爲應該是一個勝利者。

有勝利者就會有失敗者，就算自己不來，也會有一個失敗者，自己來了，還是有一個失敗者！只是不同的失敗者罷了。

「對了，我們的團隊最近很不和諧！我想你這個元老應該管理一下吧！沒有好的團隊，實驗進展也是很慢的！」李傑說道。

「我明白了！我會做好的，我期待與你的下一次對決！」

人在忙碌的時候就會發現時間過得很快，轉眼間已經在實驗室忙了四十多天了，學校也快要開學了。

這天李傑在實驗室忙完一天的工作，走在回宿舍的路上，看著校園裏爲數不多的幾個人，心裏不禁想著：「還是上課的時候好啊！那麼多同學，尤其是那麼多漂亮的女同學，比如張璇，于若然，好想快點開學啊！」

就在李傑不停地胡思亂想的時候，他發現在學校的大門口，有一個紅衣服的女孩不停地在四處張望，似乎是在等什麼人。看她的打扮就是鄉下來的，腳下還放著一個包。

李傑對於女孩的概念只有兩種，這是在他還是李文育的時候養成的習慣，漂亮的和不漂亮的。對於漂亮女孩的一貫做法就是，不管認識不認識，先上去搭話再說，要是看得上眼的就多說兩句，發一下善心，偶爾幫一下忙；要是不太滿意，那就不管對方問什麼，立即推說不知道。

這個女孩並不漂亮，寬大的褂子，枯黃的頭髮，並不符合李傑的審美標準，不過他覺得好像以前見過她，於是決定過去看看。

「李傑！」當李傑正在思考著怎麼搭訕的時候，女孩搶先開了口。

李傑看著眼前這個一襲紅衣的女生，更加確定見過，不過印象不太深刻，想不起來是誰。

「那個……你是我老鄉？」當李傑注意到對方那兩條長長的大麻花辮子的時候，問道。

「我是劉倩啊！我等你一天了。」

李傑終於有了印象，在他成爲李傑之後見過這女孩很多次，上學的時候她還來送過自己。

「你怎麼在這裏啊？你來前跟我說一下，我去接你啊！」李傑看著劉倩有些憔悴的臉，不禁說道。

「嗯，我一下火車就走過來了，只知道你在這個學校，怕找不到你，就在這裏一直等著。」劉倩說。

她怎麼找我來了？這個身體的可惡的前主人，也沒有在日記本裏留下任何關於劉倩的記錄。一個女孩能來找他，兩個人肯定有關係！李傑的心裏充滿了疑問，不過就算是疑問，也不可能去問。

「你從車站走過來的啊？」對於車站到學校的這段路，李傑是深有感觸的，因爲他自己第一次到學校的時候，就是一路走過來的。

「因爲不知道該坐哪趟車，於是就走了過來。」其實劉倩是沒錢坐車了，她不想讓李傑以爲自己是來要錢的。

李傑看著劉倩，一下就明白是怎麼回事了。除了自己這個超級大路癡，放棄坐車而選擇走路只有一個可能，那就是沒有錢了。不過，李傑也不想說破。

「先把你的行李放放，你等一天了，先去吃飯吧！」李傑說完，把行李交給學校的門衛看管，然後進了學校門口的小飯店。

面對可口的飯菜，李傑絲毫沒有食欲，現在他迫切需要解決的就是安排劉倩住。劉倩的行李不少，看來準備長住。他真的有點擔心，這個身體的前主人，是不是對劉倩做了什麼？如果真做了，他可是背了黑鍋了！

女孩在門口等了一天，就充分說明了她有多麼執著。李傑已經不敢想了，他最怕的就是麻煩，在他還是李文育的時候就是這樣。

劉倩沒有注意到李傑的想法，她一天沒有吃飯了，面對眼前的飯菜基本無視了李傑。

在安頓好劉倩以後，李傑覺得有必要給家裏打個電話，詢問一下劉倩的情況。

「哥，劉倩姐離家出走了，你知道咱們家跟劉家的關係，爸忙了好久了，在找她！」媽媽下農地去了，電話是弟弟接的，他一開口就直奔主題。

「離家出走？」李傑沒想到劉倩離家出走竟然會帶那麼多東西，真不可思議。

「是真的，她找你去了嗎？」李豪問道。

「她離家出走，找我幹什麼？」

「哥！爸其實已經猜到了，他說倩姐找你去了，讓我告訴你，劉家對咱們家有恩，你不能對不起她。你們倆從小就定了親……」

李傑在電話這頭已經頭大了，他終於明白，原來李家以前鬧饑荒的時候快要餓死了，是劉家的幫助才活了下來，李傑的爸爸對劉家感激不盡，兩家人決定給兩個孩子訂了娃娃親。

真是封建啊！李傑恨道，這個時代了竟然還有這種事情，難道不知道婚姻自由嗎？

「哥，哥，你沒事吧？」

「沒事，沒事，你繼續說。」李傑的腦子現在亂極了。

「哥，雖然劉倩姐是堅決不能拋棄的，但是你可以像以前給我講的什麼『家中紅旗不倒，外面彩旗飄飄』。」李豪提了一個建議。

李傑聽著李豪的話，心裏想：「我把小孩子都禍害成啥樣了啊，李豪是多麼純真善良的一個孩子啊！如果不是自己剛剛穿越過來躺在床上無聊教育他，他也不會變成現在這麼個樣子啊！」

「哥，你不是還說過，家中有個做飯的，外頭有個想念的，還有叫什麼，家裏有個愛我的，外頭有個我愛的，對於十二歲以下的要有戰略眼光，對於恐龍要爭取第一次，對於有婦之夫要爭取一夜情。哥，爸讓我告訴你，不能做陳世美，但是我覺得你不能做老陳世美，可以做新時代的陳世美，你娶了劉倩姐，再多找點漂亮的姐姐……」

李傑聽他越說越高興，實在受不了，於是說：「好了，我要掛電話了，你現在要好好學習，不和你多說了！」說著就把電話掛了。

夜裏李傑思考了很長時間，劉倩的出現真是一個意外，她身分特殊，是李傑的娃娃親，雙方家長似乎都很認真，但是不知道劉倩怎麼想？李傑必須仔細想想這件事情，劉倩是一個執著的人，這樣的人堅韌而脆弱，簡單而危險，但有一個好處就是容易掌控！

第二天，李傑告了個假，決定先帶劉倩參觀一下學校，再去附近的公園玩玩。雖然她在昨天吃飯的時候，說是來找工作，但李傑覺得不應該先提這件事情。

劉倩一整天都很高興，對於她來說，這樣的生活很幸福，很快樂。

下午的時候，他們已經走遍了附近所有可以玩的地方，李傑不知道應該去哪裏了，正在思考，劉倩問道：「李傑，那個樓是什麼樓？我們能去看看嗎？」

「一個辦公大樓，它是這附近最高的樓，大概有五十多層吧！」作爲李文育的他曾參觀過世界上很多著名的摩天大樓，對於這樣的小樓很不屑。不過對於劉倩卻不一樣，她來自北方農村，高樓很少。

在劉倩的要求下，李傑帶著她去看這座高樓。但是到樓下，劉倩卻提出了一個變態的請求。

「你說什麼，你要爬上去？你不是開玩笑吧！」李傑驚詫道。

「沒有開玩笑，要不你坐電梯上去吧！我自己爬上去！」劉倩肯定地說。

「好！我就陪你上去！」李傑不信這個女孩能比他堅持更久，他估計劉倩爬不了一會兒就會要求坐電梯。

李傑一直對自己的身體很有信心，他以前就很健康，來到這個世界後，長期的勞作使他很強壯，也沒有停止鍛鍊，甚至沒有抽煙，當然主要是因爲太窮抽不起。

可是無論怎麼有力量，對於五十層的高樓來說，力量還是相對太渺小了。當李傑爬到二十層的時候，就感覺到身體已經被抽空了，肌肉痠痛，呼吸困難。正當他想停止的時候，發現劉倩雖然香汗淋漓，但眼神依然堅定，絲毫沒有停止的意思。

到了三十多層的時候，李傑已經感覺快要窒息了，每邁一步都感覺苦難萬分，似乎有一個隱形的枷鎖扣在腿上一般。

劉倩的情況也是一樣，李傑幾乎都能感覺到她顫抖的無力的雙腿，同時也能感覺到她不放棄的決心，坐電梯的想法在此刻又破碎了。

終於到了頂樓，用了一個多小時，此刻太陽已經偏西。

李傑剛剛爬到樓頂，完全憑意念支撐的身體立刻放鬆了下來，他享受著落日的餘暉，從來沒有感覺躺在硬硬的水泥板上也是如此舒服。

李傑歪著頭，看著劉倩一步一步艱難地挪動著步子，此刻，她也是全憑意志力在支撐，爬這麼高的樓已經超越了身體的極限。

頂樓的風很大，劉倩的衣服再也不能遮擋她完美的身材，在晚霞的照耀下，有一種別致的美。

「李傑，謝謝你！」劉倩說道。

「爲什麼謝我？」

「謝謝你陪我爬樓，這麼傻的事情我以爲只有自己會做！」劉倩理了理被風吹亂的頭髮，向前走去，一直走到大樓的護欄邊。

劉倩雙手扶著護欄，站在水泥壇上，閉上眼睛感受著狂風的呼嘯，感受著太陽的光輝和城市在腳下的感覺。

李傑看到劉倩走向護欄，以爲她是想不開要跳樓，一個鯉魚打挺跳了起來。剛想呼喊，卻發現劉倩的神情平靜，於是放下心來，也走到護欄邊。

「李傑，我覺得我這次出來是對的！」劉倩睜開眼睛說。

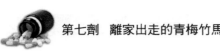

「是啊！人不走出來，永遠不知道世界有多麼大！你看，我們只有站在這最高點，才能看到這個城市的全貌，才能發現下面的人是多麼渺小！」李傑感歎道。

「我很害怕，但是我更加興奮！這讓我忘記了害怕！你說得很對！我覺得這個城市就是最高點。在這裏，我發現我們的小村子、小縣城是那麼渺小！」

劉倩說完，雙手離開了護欄，張開雙臂迎著風，似乎要飛翔一般，她再次閉上了眼睛：

「我要永遠站在這最高點！」

劉倩是一個執著的人，堅韌而脆弱，簡單而危險！

「李傑，謝謝你今天帶我出來。我想明天應該找工作了！我不能總麻煩你！」

「別提麻煩與不麻煩的，工作不是很容易找，明天我帶你去找吧！」

「謝謝你！」

兩個人回去的時候天已經黑了，李傑已經疲憊不堪，覺得劉倩是一個很簡單、很單純的女孩，她雖然來投靠自己，但是並沒有讓李傑擔心，想得太多也是徒勞，年輕人多衝動，女孩又多幻想，也許經歷一段時間事情就解決了，一切順其自然比較好！

眼見又要開學了，李傑享受大學生活的時間卻要結束了，首先是爲了貧窮的家，其次是他沒有那麼多時間浪費。陸浩昌已經允諾給他博士學位，現在他要做的就是通過全國的統考，對他而言比較困難的就是專業課，很多基礎的細節他並不是很清楚，必須儘快安排好劉倩，然後全力備戰。其次，他要申請提前修完本專業的學分，儘快拿到學位，拿學位是他唯一的目的。

第二天一早，李傑早早就在石清的樓下等著。雖然看起來他很紳士地等了半個小時，但是內心卻無奈地抱怨女人真是慢。

當李傑再次請假的時候，石清雖沒有表示什麼，但李傑已經看出了一些端倪，自己在實驗緊要的關頭請假兩天，的確有點說不過去，但有時候是沒有辦法的。

李傑覺得自己路癡的毛病還沒有完全根治，爲了安全起見，將在開學時買的地圖也拿到手上，開始和劉倩在大街小巷找起了工作。

「老闆，您這裏招人嗎？」李傑看到飯店貼著招聘服務員的廣告，於是進去問道。

「招，你應聘嗎？」老闆看來還挺和氣。

「不是，我替她找工作，老闆您看行嗎？」李傑把站在身後的劉倩推到了老闆的面前。

「她啊，以前在別的地方幹過嗎？」老闆問道。

「沒有！」劉倩回答得很誠實。

「那，對不起，我們需要有經驗的服務員！」

「小飯館都要有經驗的，要論經驗，你老母肯定比小丫頭有經驗，你怎麼不招個大媽過來啊？」李傑一聽「經驗」兩字心裏就煩，拉著劉倩就轉身離開了：「劉倩，走，咱去下一家問問。」

「老闆，您這裏招人麼？」李傑十分友好地向一個飯館的老闆問道。

「招。」老闆十分簡潔地回答。

「老闆，您看我行不？」劉倩站在李傑的身前問道。

「行是行，不過……」老闆看著農村打扮的劉倩面露難色。

「不過什麼？」李傑覺得很奇怪。

「是本地戶口嗎？」老闆問了一個讓劉倩犯難的問題。

「不是。」劉倩老老實實地回答。

「切，端個盤子還要本地的戶口啊？」李傑心裏罵了一句。

轉悠了一個上午後，李傑發現找工作原來這麼難。劉倩沒有什麼學歷，也沒有工作經歷，也是第一次出來，社會經驗太少，加上是個女孩子家容易上當。李傑覺得要找個正規的地方，但最可惡的是很多地方要本地戶口，難道有本地戶口老闆就放心了？

「沒有辦法了，我們去勞務市場碰碰運氣！」李傑建議道。

「嗯，我不太熟悉，就聽你的吧！」劉倩說道。

其實，李傑在上大學的這幾個月裏，壓根兒沒怎麼出去過，自己在這個城市走得最遠的路就是從車站到大學，還是有人帶的路。自從上次拿著地圖在大學附近迷了路以後，路癡李傑的名號就由此傳開。

李傑七拐八拐走了半天，發現是無法找到去勞務市場的路了。

「啊！我的錢包！小偷！」李傑看著公車站牌發愣的時候，劉倩忽然間喊了起來。

李傑回頭一看，劉倩死死地抓著一個體型消瘦、面容猥瑣、頭髮染得像熱帶鸚鵡的傢伙。

「小子，把錢包拿來！」李傑惡狠狠地道。

「滾你媽的！誰拿你錢包了，土包子！」小偷本來對學生模樣的李傑就不在乎，再一聽他是外地口音，更加放肆了。

李傑幫劉倩找工作碰壁一上午了，正憋著一肚子的氣沒地方撒，他二話不說，抓住小偷的衣服，一把將他拎了過來。小偷身形消瘦，哪裏是強壯的李傑的對手。李傑連連重拳，打到了小偷的臉上，可憐的小偷絲毫沒有反抗之力，只覺得鼻子先酸再痛，最後只能感覺到血的腥味了。

「你小子啊，敢偷我的錢包，不想活了是不？媽的，一看你就是歧視外地人，老子今天打的就是像你這樣的無賴，頭髮染得跟鸚鵡似的，幹什麼做賊啊，怎麼不去動物園！他媽的，你歧視外地人，要不是外地人把你這個無賴養著，你現在早就餓死了，你要是再讓我看到你，老子就把你打成外地人。你厲害啊！你再厲害一次讓我看看啊！來啊，有種還手啊，你來啊！」

李傑將惡氣全都撒在了小偷頭上，不過，他的怨氣似乎還不止於此。

「你做什麼不好？偏偏要做小偷，你知道不，小偷是一個非常讓我不爽的職業，老子這輩子最恨三種人，第一就是面容猥瑣的；第二就是歧視外地人的；第三就是小偷。你剛好把三樣全部占全了。你長得這麼猥瑣，一天不好好在家待著，跑出來妨礙市容，我不揍死你。你敢歧視外地人，老子就是外地人，老子照樣把你打得連外地人都不要你！你也就是個小偷，做小偷做到你這個份上，一點進取心都沒有！你幹什麼不去做個大賊啊，你也就是敢偷我這樣的，有本事你去劫有錢人啊，大爺我今天不好好教訓教訓你，你就不知道我的拳頭有多硬。」李傑一邊打，一邊嘴裏不停地罵著。

看到李傑的瘋狂，劉倩已經嚇傻了，過了一陣才反應過來，趕緊把他拉開。李傑的氣消得也差不多了，就停手了。

小偷被李傑打得滿臉是血，卻還清醒著，還有點不服，一瘸一拐跑遠幾步囂張地叫道：

「你小子，你等著。」

「呸，老子看看你能叫來誰！」李傑看著小偷的背影，嘴裏這樣說，心裏卻想，小偷都是地頭蛇，他肯定是去叫人了。

李傑可不是李連杰，他不是超級英雄，所以打完小偷就要跑！要不小偷的大哥來了，估計他的英雄形象也就毀了！方才對小偷的毆打，圍觀的市民拍手稱讚，但李傑知道他們也就是感歎一下，不會真正幫自己的。

李傑拉著劉倩的手，也不管周圍的人說什麼，跑得遠遠的。

李傑也不知道轉了多少個彎，走了幾條街，終於迷路了，當然，他也覺得安全了，畢竟，他都不知道自己在哪裏了，別說那個小偷了，就在他放鬆的那一刻，卻聽到了一個說話漏風的聲音：

「大哥，就是他。」

李傑回頭一看，可不就是那個臉腫得跟豬頭似的小偷嗎?再仔細一看，他身後還有一群人，各個面目猙獰，殺氣騰騰。

完了！各個體重都超過一百四十斤，雖然多是啤酒肚，但他們人多，體重還不是一個級別的。

劉倩看到這個情形，緊張地拉著李傑的衣服，不知道怎麼辦。

「劉倩，你一會兒跑，我頂住他們，你跑後別忘了叫員警啊！」李傑悄聲說。

劉倩雖然不願意離開，但是她不笨，知道這是救李傑的唯一方法。

「他媽的，你活得不耐煩了，找死啊？」一個手拿木棍、嘴裏叼著香煙的年輕人罵道。

李傑知道他抽的是熊貓，他聞到了煙的味道，自己可好久沒有抽煙了！不僅暗想，當流氓還真有前途，還有熊貓煙抽。

哎！不對，李傑仔細一看，這個傢伙怎麼那麼面熟啊！

「大哥，我見過你！」李傑說道。

「靠，我砍的人多了，每個都跟我說這話，我可不認識你！兄弟們上！給我幹死他！」

流氓大哥手一揮，眾流氓一窩蜂地衝了上來，李傑暗道這下玩完了，推了劉倩一把，然後準備衝上去頂，同時也祈禱這個時代的員警能負責一些，在自己被打死前能來救命。

「給我住手！」突然，流氓頭頭兒高聲喊道。眾流氓如訓練有素的獵犬一般，立刻停手。

「你是中華醫科附屬醫院的醫生吧！」

「是我！是我！」李傑暗罵，這個流氓終於記起自己了。

流氓頭頭兒就是上次李傑在醫院門診急救的被打破頭的傢伙。

「哎呀，是你啊，醫生，我去醫院找你，他們說你不在了，我當時還傷心了好一陣呢！」顯然，這位大哥見到李傑，十分高興。

「我就是個實習醫生，現在不在那裏了，你的頭好了嗎？」

「醫生，還要多多感謝你啊！上次我是後腦撞到地上，你卻讓我檢查前額，我還以爲你是騙錢的！要不是你，就沒辦法發現我腦子裏的血塊了！那天以後，我又和那夥人幹了一架，多虧你給我包紮得結實，我將他們打得痛快啊！以後我再受傷還要找你！」這位大哥自顧自地大聲說著。李傑心中暗道，這傢伙莫非是打架狂人？

「黑子，你過來，這是對我有過特大幫助的醫生，你連他的包都敢撬，是不是不想混了！」這個叫黑子的花鸚鵡今天也夠倒楣的，包沒偷上，被人打了一頓，本來想著大哥能給那小子找點兒晦氣，沒想到晦氣找到自己頭上來了，被大哥又削了一頓。

「醫生大哥，我錯了！」黑子努力讓自己的語調聽起來正常。

李傑很慷慨地表示沒有關係，畢竟他沒有損失什麼。

「醫生，今天怎麼有空啊？」大哥問道。

「給老鄉找個工作。」李傑如實地回答。

「那還用你親自找嗎，包在我大飛的頭上，你就交給我，放心，沒問題的！」大飛說著還拍了拍胸口，接著又說：「走，這裏不是說話的地方，咱們喝點去！」

李傑本要推脫，但是無論怎麼說，硬是被拉走了。

「我給你的小老鄉在勞務市場找個工作，包你滿意！」大飛吐出一口煙說道。

「不用麻煩你了，我們已經找到了！」李傑笑道。他與大飛畢竟只是一面之緣，不可全信。

「哎，我一直想報答你，你卻不給我機會！」大飛歎道。

「談什麼報答！救治病人是醫生應該做的！以後你要有什麼病儘管來找我。」李傑笑著說道。

「哈哈，爽快！你今後要是有什麼擺不平的，就來找我大飛，在這裏混的沒有不知道我大飛的。」

李傑吃得高興，聊得高興，可苦了在一邊的豬頭臉小偷。自己被打了一頓不說，大哥竟然不幫忙，還請人家吃飯，估計還要自己出錢！最可氣的是那小子氣自己，他把那女孩的錢包拿出來，裏面竟然只有兩塊錢！

蒼天啊！爲了兩塊錢被打了一頓，還要花上幾十塊錢請吃飯！

這還不夠，大飛還逼迫他給李傑道歉，李傑很大方地饒恕了他，並囑咐他應該去看看醫生，小心毀容。雖然李傑心裏想，這個小偷最好毀容，也許會更好。

劉倩一直不吭氣，她有點懼怕這些兇神惡煞似的人物，雖然他們現在很和氣。她對李傑拒絕大飛開始有些不理解，但很快就明白這些人不是什麼好人，如果他們介紹了工作，自己很容易變成他們那樣，李傑拒絕完全是爲了她好。

飯後，劉倩再次和李傑踏上了找工作的征途，這次比較幸運，他們看到一個招聘保姆的啓事。雖然工錢不是很多，但是供吃供住，雇主條件也很好。

劉倩很順利地拿到了這份工作，有了一個落腳的地方。她不想再麻煩李傑了，她想憑自己的力量在這個城市闖出一份天地，一個屬於自己的世界。

劉倩順利地找到了工作，李傑終於完成了一件心事。劉倩的到來讓他看到了什麼叫做與命運頑強地抗爭，什麼叫做執著的追求。想想自己這個世界級貧困的家庭，李傑就能夠理解劉倩的心情，想到父母辛勤的勞作，李傑覺得自己享受了半年的大學生活也應該結束了。

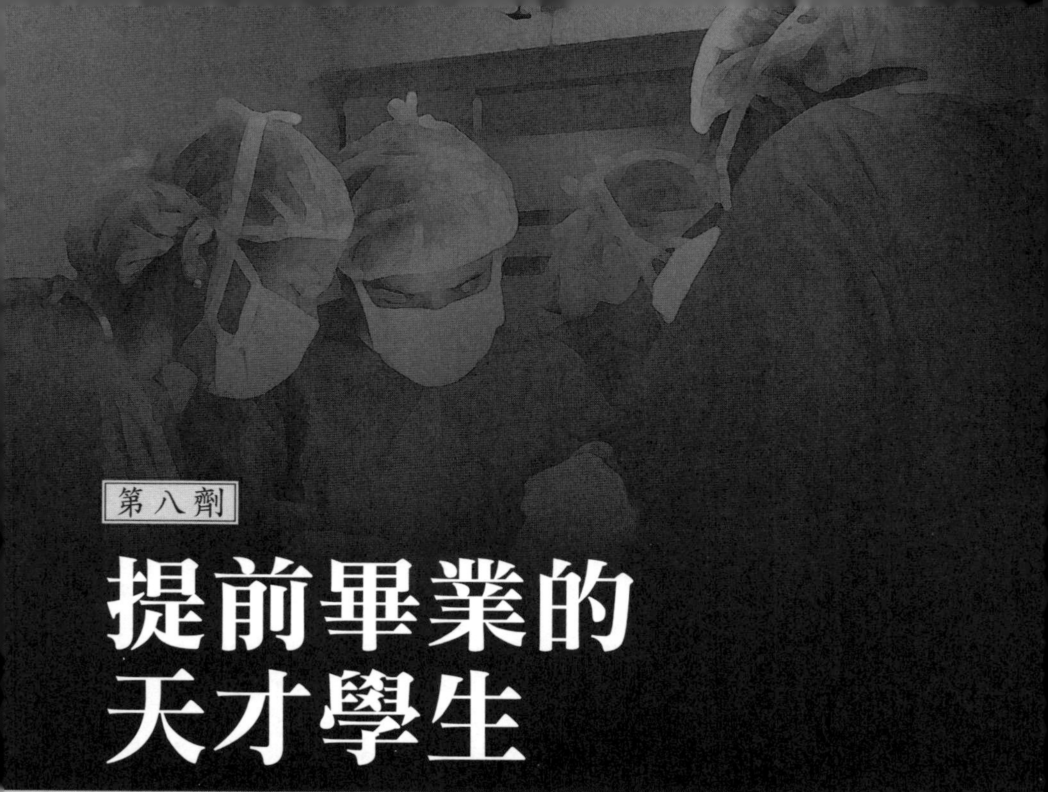

第八劑

提前畢業的天才學生

張凱聽著女兒和李傑聊天，不知道應該欣慰還是擔心，
不過為了女兒高興，他決定暫時還是不去打擾他們，
年輕人自然有年輕人的話題，自己一出現，女兒肯定是不願意。
算了，還是繼續工作吧！
張凱於是又重新坐下，翻開了那份調研報告。
不過，李傑這個名字他熟悉，
就是女兒讓自己幫忙提前畢業的天才學生？
張凱一直都有預感，這個孩子會來找他，
並且會對他的工作、計畫有很大的幫助。

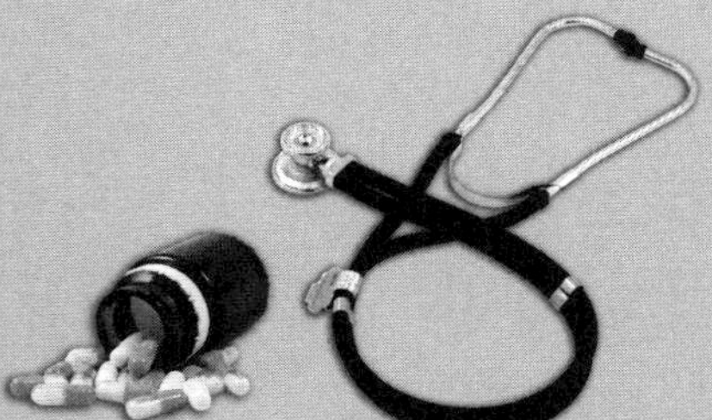

正是開學的時候，冷清了一個假期的校園終於熱鬧了起來。李傑看著校園裏各色美女大流口水。不過口水歸口水，只是沒事想想而已，他必須幹點正經事。

實驗室的工作已經停了兩天，忙完了劉倩的工作以後，李傑就趕到實驗室，發現大家都在忙碌，每個人都很努力，這讓他有點兒不好意思，他沒有直接去實驗台工作，而是先去見了陸教授。自從上次的難題解決了以後，陸浩昌教授變得無比輕鬆，現在只需要等待結果。

李傑敲門進來的時候，陸浩昌教授正在爲新買的盆栽修剪枝葉，春暖花開，萬物復甦，一個生長旺盛的植物，必須將其修剪，除去雜枝，讓它按照自己意願來生長。在陸浩昌的眼裏，不僅僅是植物，就是每個學生也要按照他的意願來發展。

李傑本來準備接受陸教授的批評，但是很出乎意料，陸浩昌並沒有責備他，反而很關心地問道：「小李啊，這個學期的任務可不輕啊！準備得怎麼樣了？實驗室的工作如果太累，可以先不來！」

李傑知道他指的是馬上就要進行的博士生入學考試。對於這個考試，李傑準備了很久，也有很大把握通過。

「陸教授，您可以放心，我絕對能夠通過考試，而且實驗室的工作也不會落下！」

「那最好！你要在這段時間裏把這些資料好好看看，這是我特意爲你準備的。」陸浩昌說著，指了指門口桌子上那一疊列印資料。

李傑看著資料心裏盤算著，這也許是陸浩昌弄來的內部資料，此刻突然對陸教授有點感激。

「謝謝陸教授！」李傑鞠躬道，這是出自內心的感動。

當李傑抱著資料走出辦公室的時候，看見了在一旁忙工作的石清：「小青石姐姐，我來了，你想我沒有？」

「還有工夫笑，你先看看這個表單！」石清說著遞給李傑一張表，是目前的實驗進度。

當李傑看到表單的時候，他的笑容凝固了，本來以爲兩天沒有來，進度不會有改變，畢竟才兩天的時間。但是現在，他發現實驗進度竟然向前飛躍了一大步，於是突然又想起陸教授的話：實驗室的工作如果太累可以先不來，李傑本來還以爲是關心自己，難道陸教授的意思是實驗室已經不需要他了？

李傑輕拭去額頭的汗水，努力讓自己冷靜下來。他已經明白了，這應該是馮有爲搞的鬼，這個小子肯定很早就研究到這裏了，故意等自己不在的時候突然發力！

「石清，這些進度應該都是馮有爲弄出來的吧！」

「多數都是，但是也有朱衛紅和陳建設的功勞，你要知道你上次的表現刺激了他們！」

「我明白了，可是我還要走開一段時間！」李傑拍了拍手上的資料接著說：「我要搞定這些資料，姐姐晚上有空嗎？我想跟你說一些事情！」

「行！對了，陸教授給你的資料你要好好看看！畢竟他是權威，在醫藥界很有勢力，你懂嗎？」

李傑點了點頭，石清的話他怎麼能不明白？陸教授給他的資料一定有很多考試的題目。李傑並不擔心馮有爲對自己的打壓，相反他很喜歡這樣的競爭，有競爭才有更多的動力。

對於競爭，陸教授也是知道的，他採取的方式就是兩不幫，手下競爭，最終得益的大贏家是陸浩昌。

晚上結束了實驗以後，石清按照約定與李傑見面，其實就算李傑不找她，她也會主動約李傑，她有話要說。

「小青石，你說我們像不像情侶呢？」

「你要再流氓我可生氣了，我是你老師！你要知道！」石清嗔怒道。

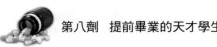

「你讓我叫你姐姐的，你看這周圍都是一對一對的情侶，就算我不說，他們也都認爲我們倆是情侶！」李傑笑道。

石清一看，的確如李傑所說，他們倆正在湖畔邊走邊說，而周圍到處都是一對對相互依偎著的情侶，她不由有點臉紅，但很快就恢復了常態，怒道：「你小子就是油嘴滑舌，我今天是有正經事跟你說的！」

「我也有事情拜託你，就是實驗室的事情！」李傑收起玩世不恭的笑臉，嚴肅道。

「你還知道關心實驗室啊！這兩天你不來，大家都趁著這個時候追趕你，你知道嗎？這兩天他們幾乎都不眠不休地幹，你再不來就落下了！」

「其實他們都是做樣子，他們是有心算計我的！」李傑無奈地歎氣道。

「什麼意思？我不明白！」石清疑問道。

「你還看不出來嗎？這麼大的進展怎麼可能兩天內完成，明顯是他們已經事先完成了，卻沒有發佈出來。他們已經算好了我要離開一段時間，沒有想到我這兩天幫老鄉找工作提前離開了，於是他們等不及，提前發佈了！這樣在我離開的日子裏，研究成果就是他們的功勞，這是聯合在打壓我。」

「不會吧！是你想得太多了，他們沒有你想得那麼壞，不過是純粹地追趕你而已！」

「姐姐，你太單純了，我告訴你，你被他們的外表騙了！確切地說，是被科學工作者都是內向的老實人這個常識欺騙了！不可否認，科學工作者多數還是好的，但是有少數人道貌岸然，藏著醜惡與陰謀！」

「也許吧！我要告訴你，陸教授很看好你，你如果考上了博士生，很有可能取代馮有爲的位置！」石清歎氣道。她對於李傑的陰謀論已經相信了一些，同時也感到莫名的悲哀。

「你看，馮有爲怕我搶他接班人的位置嘛！其實他大可不必，我志在臨床方面發展，根本不想在這裏長期幹下去！」

「那你爲什麼還要這麼拚命地學習製藥知識？」石清驚詫道。

「兩者本是一家，製藥我必須學習，以後會用上很多！再說我來這裏不也得到了好處嗎？那百分之五的股份，以後將是一大筆錢！」

「我越來越看不懂你了！」

「我這段時間不能去實驗室了，雖然我不打算跟他們爭什麼，但是這口氣我一定要爭回來！」李傑說著，拿出幾張打印紙遞給石清說：「這些是後續的研究要點，有這些，研究會快很多，我希望這是我們倆的秘密，你完全可以在我不在的這段時間領導實驗室！」

石清接過資料，有點兒不相信，粗略地流覽一下之後說：「你竟然已經做到這一步了，爲什麼不早點拿出來呢？」

李傑當然不能說這都是他在搗鬼，上次他在給陸浩昌教授的研究論文中故意留下了很多模糊不清的地方，這些就是李傑設置的暗門。雖然這些暗門都是可以破解的，但是畢竟需要時間，現在已經派上用場了，李傑設置的障礙，他自己當然可以毫不費力地解決。

「石清姐，我希望你按照我說的做，以你自己的名義就好。」

「我不想參與爭鬥，這些資料對實驗很有幫助，我會做的，但是我不會搶你的功勞！」

李傑很想安安靜靜地看完陸浩昌教授給的內部資料，卻還要去辦一件事情。他已經決定在研修製藥博士的同時也不能放棄臨床，他要申請提前修完臨床的學分，提前畢業。

現在是學期開始的日子，是這個學期唯一的申請機會，大學只有這個時間辦理轉系、降級等學籍變動的手續。如果錯過了時間，李傑必須多等一個學期，也許一個學期的時間並不長，但是卻不能再等待了。

雖然同時修習兩個課程會很忙碌，但李傑覺得自己又回到了當醫生的時候，那個時候也是很忙，尤其是在手術之前。不過他很喜歡這種忙碌，可以讓自己的精力充沛。大學生活要不是在實驗室忙碌的話，很有可能會變成一潭死水。

實驗室的工作已經交給石清了，不知道石清具體會怎麼做，但是李傑知道，當馮有為看到石清取得的實驗進展時，那張臉肯定會扭曲，朱衛紅肯定會咒罵，陳建設肯定會一臉羨慕，陸教授則肯定會讚賞。

這些對於李傑來說都是小事情，真正的大事情是提前畢業。他考慮過陸教授可以幫助他，但卻認爲不應該去求他，陸教授有意讓自己學製藥的，估計不會同意自己繼續學習臨床醫學。

李傑忙碌了一個上午，趁著中午吃過飯的空閒時間去了一趟學生工作處，想問一下關於提前修學分畢業的事。

李傑很禮貌地敲門詢問，但是老師卻一副心不在焉的樣子閒聊起來。如果作爲一個初出家門的學生，李傑可能會感覺這個老師很關心學生，與他談話如沐春風。

但現在的李傑卻不是普通的學生，他是一個有著很多社會經驗的醫生，談話中他知道老師叫譚安，明顯是對他的家境挺感興趣，表面上是談話，暗地裏卻是在打探。李傑強壓著怒火，老師明顯是在考慮自己的價值，當然，這裏的價值是指能夠給他禮物的價值。

李傑雖然憤怒，但是不好發作。當老師得知李傑是一個農村來的學生時，似乎有點不太願意說話了。當李傑提出想拿夠學分提前畢業的時候，他更是換成了一副不屑的嘴臉，講了一堆大道理，什麼扎扎實實學習等等，最可氣的是最後他告訴李傑，目前學校還沒有一個學生可以提前畢業！

李傑憤怒地離開了辦公室，老師一臉不屑地看著他的背影，心裏抱怨個不停：還以爲這小子是個有錢的公子哥，原來只是一個鄉下來的窮學生，真是的，白費了半天的口舌。

李傑也看不慣譚安那張嘴臉，剛開始把本公子當大爺看，老子一說是農村的，就立刻變成了馬臉。有什麼了不起的？一看你那個樣子就是想從老子身上刮點油水。告訴你，老子沒有油水讓你刮。也就是現在，我沒錢沒勢，要是在以前，老子看到你這種小人肯定不饒恕。

李傑氣沖沖地走出來，恨不得把辦公室的門砸了。

回到住處，李傑終於冷靜了下來，他覺得自己有點衝動，其實他剛才完全可以裝作有錢人，即使損失點錢也是可以接受的。但是他極度鄙視譚安，不打算賄賂他。

李傑極度鬱悶的時候想到了王永，那個給張璇做瓣膜手術的心胸外科主任，認識的人中也許只有他可以幫得上忙。想到這裏，就立刻動身去找王永，此刻還想到了張璇，在上次做過手術以後就沒有再見到過她，不知道怎麼樣了。

「王主任，我找您有點事，您現在方便嗎？」李傑敲開王永辦公室的門，看到禿頂微胖的王永正坐在桌子前，眉頭擰得和麻花一樣，嘴裏還不停地叨叨。

「李傑，是你啊，快進來坐。」王永見是李傑，立刻換了一副表情，熱情地招呼道。

「那，不打攪您吧？」李傑看到王永桌子上的病案，不由問道。

「沒事沒事！反正這個問題也不是今天能解決的，以後再看吧！」王永笑著把病例塞到抽屜裏。

「你小子啊！從那次以後你就再也沒有來過！女朋友都不來看！怎麼不知道珍惜啊！」王永拿李傑尋開心。

「這個……」李傑看著王永那因爲八卦而興奮的眼神，就立刻想到了自己的那兩個狐朋狗友。

「別解釋，她一會兒要來複診，你就能看到她了！你不是提前到這裏等她複診後送她回家的吧？」

「不是的，王主任，我想請您幫幫忙！」

「什麼事情？能幫的話我儘量幫！」

「咱們學校是不是可以提前畢業啊？」李傑趕緊往正事上拉。

「學校的規定倒是沒有說不可以，不過自從學校建立到現在，還沒有一個人可以提前修完學分的。怎麼，你小子想成爲第一人啊？」王永說。

李傑聽後，心如入冰窖，他本來以爲譚安是索要賄賂才說沒有人可以提前畢業，看來他說的是真的，也許自己給他賄賂也不能通過申請。但是他不能放棄，這件事說難也不難，就是領導的一句話，說簡單也不簡單，領導不開口說什麼都沒有用！

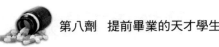

「我只是想早點畢業，有那麼難嗎？」李傑說出了自己的目的。

「早點畢業？在學校待著多好啊！我都想待在學校不想出來了！」王永陷入了對往日學校時光的懷念之中。

那不斷地留級不就可以了嗎！李傑在心裏想著，嘴上卻說：「我可沒有您那麼浪漫，我要早點出來做醫生，我家還指望我有點兒出息呢！」

「這樣啊，我告訴你，我們那個時候可不比你現在。那個時候的女生啊，穿得保守，現在你看看，學校裏滿眼都是美女啊，我都有去學校教書的衝動了。」

王永由於興奮，微胖的臉上都開始泛起了紅光：「哎，上回那個張璇看起來不錯哦，你小子是有福了啊，年齡小點，不過人也是會變化的。李傑，你對於小姑娘要有戰略眼光，不要老盯著石清一個人看，石清有什麼好，脾氣大，一天除了學習就是工作，你和她有什麼好說的？要我說啊，你就將張璇收入懷中得了，她老爹可是個人物啊，你想想……」

李傑強忍著王永的唾沫，心中暗暗慘叫，誰讓自己求人家辦事了！聽到王永提到石清的時候，心中又暗罵：切，別以爲我沒看出來，你不就是想和石清來一段師兄妹戀情嗎？爲什麼費這麼大力氣把石清說得一無是處！

李傑聽著學長講完了過去的光輝歲月，這時傳來了一陣敲門聲，李傑可高興了，終於不用忍受他的吐沫了，趕緊去開門。

「張璇，是你啊！」推開門發現竟然是張璇，雖然她的病已經好了，但還是柔柔的樣子。

「李傑，你怎麼在這兒啊？」張璇高興地叫道。

「我來問王主任一點事兒，聽說你來複診！怎麼樣？好點了嗎？」李傑開心地說道。

「我說李傑啊，你看張璇見了你多高興啊，你應該好好考慮一下我剛才的建議！」王永頗爲認真地說了一句。

「這個……」李傑頭上的汗馬上多了起來。

「王主任，剛才對李傑什麼建議啊？」張璇忽閃著眼睛問。

「王主任說，他要幫我問問提前畢業的事情！」李傑趕緊將話題帶到了正路上。

張璇看著一臉認真的李傑，不明白他爲什麼要提前畢業。

「是這樣的，李傑想提前畢業，但是似乎遇到了一些麻煩。」王永補充道。

於是李傑將遇到的事情完完全全給張璇講一遍，說到譚安索要賄賂的時候，二人忍不住臭罵這個貪婪的傢伙。但是罵歸罵，辦法還是沒有，王永雖然是醫院的主任醫師，但是他的職權管不到譚安，對於李傑的事情，他答應幫忙在學校找些熟人。

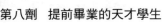

李傑有些無奈，看來王永也幫不了自己，他說找人問問，就是很難辦成。張璇雖然在一旁嚷嚷要幫自己，但是她哪裏有這個能力。

夜裏，李傑翻來覆去睡不著覺，他的如意算盤空了，只好考慮自己是不是要放棄臨床學位。如果真的讓他在學校待八年，他寧可去死，可沒有這麼多的時間可以浪費。

自己來到學校難道錯了嗎？如果只拿一個製藥工程的博士學位，以後再考一個職業醫生執照，在臨床上也許會艱難點，但也好過再在學校待七年。李傑雖然這麼想，但還是有點鬱悶，自己的人際圈子太小了，辦事太難，雖然王永口口聲聲說要幫忙，但是李傑並不認為他的能力可以幫到自己。他還是李文育的時候，是不怕任何事情的！

這個晚上唯一的收獲也許就是張璇的安慰了，在她複診以後，李傑送她回家，一路上她不斷安慰李傑，並且信誓旦旦地說要幫助他。

「這個善良的女孩！」李傑想著想著就睡著了。

第二天，李傑索性不想這件事情了，埋頭於陸浩昌教授的資料中。不能因為臨床學位的問題而耽誤了製藥學的博士考試！努力了幾天下來，他又學習到了很多知識。

他發現這些資料還是很有用的，很多原本認為不是很重要的知識竟然都在這上面。李傑又不禁感歎，考試還真是書面化的東西，都是臨床上不怎麼用的，竟然還考這麼多！

在李傑感歎的時候，聽見有人敲門：「這是李傑的寢室嗎？」

聲音並不熟悉，打開門，李傑嚇了一跳，竟然是譚安，那個管學生工作的老師。

「李傑同學啊！你申請的提前畢業的事情已經通報上去了，現在正在研究！」譚安一臉和藹的微笑，他的變化之快讓李傑自歎不如。

「真的嗎？那我什麼時候可以開始？」李傑有點兒不敢相信。這個傢伙上次還兇神惡煞似的索要賄賂，現在怎麼變得這麼快，而且自己的申請似乎會通過。

「這還要看具體的討論結果，畢竟你是第一個吃螃蟹的人！你知道我們學醫的不比其他的專業，我們做的是人命關天的事業，一個失誤就可能改變人的一生。在學校學到的東西始終是書本上的，要真正畢業還要在臨床上多多實踐！你提前畢業，必定會錯過很多實驗，還有很多的臨床實習，所以必須討論如何學習才能真正合格！」李傑聽著譚安的論調感覺有點噁心，一聽就知道他是背誦別人的話，肯定不是他自己想出來的，特別是一個失誤可能改變人的一生。譚安如果能說出這句話，那他收賄賂的時候，良心都讓狗吃了？

李傑送譚安出門以後，終於鬆了一口氣。雖然鄙視譚安，但是基本的禮貌還是有的。這個小人現在得罪不起，以後有機會定不會輕饒！

困擾李傑最大的問題終於解決了，感覺輕鬆了很多，身體也有勁多了，但是換個角度一想，事情雖然有了轉機，但是也沒有那麼完美。譚安已經說了，學校還在討論，現在還不知道結果，李傑是想在最短的時間內畢業，如果學校的討論結果是給他安排六年畢業，那簡直就與沒有提前畢業一樣。

「李傑，李傑，快走了！聽講座去了！」張強一身臭汗地跑回宿舍，脫掉球服，一邊換衣服一邊說。

李傑看了他一眼，說道：「什麼講座啊？能讓你連球都不打了？而且你連澡也不洗，也太噁心了吧！難不成這次給我們講座的是一個超級無敵的大美女？就算是美女忍耐力強，也得被你一身汗臭死了！」

「你以爲除了美女老師，別的我就沒有興趣了嗎？王猛，你說說看。」張強向隨後跑進宿舍的王猛說。

「要我說啊，你除了對美女老師感興趣之外，還對美男也有不良嗜好。」王猛說道。

「滾！我今天沒空跟你鬥。李傑，你知道嗎，今天開講座的可是國內頂尖的外科強人啊！我們學校返聘回來的，今天是我們學校的名譽院長。聽說他的講座很有意思，我們去學點知識，以後也當個強人！」張強對王猛的話全部忽略。

李傑聽完後第一個反應就是：這個強人有多強？難道比我還要強？

「你不信啊？你知道不？『室間隔缺損修補術』就是他改良的，咱現在用的書其中有一部分就是他寫的，他最擅長的就是心胸。」

張強沒有再繼續說下去，因爲李傑已經跑出了宿舍。

離講座開始還有十幾分鐘，但學術報告廳已經擠滿了人，除了學生，還有很多的老師以及外面來的醫生。

李傑好不容易找了一個可以看清楚的位置。他對這個人很感興趣，不爲別的，就因爲他改良的室間隔缺損修補術。

李傑前段時間在圖書館看到過他發表在《柳葉刀》上的學術論文，這個手術在李傑那個年代有很多醫院在應用，雖然那個時代有更先進的方法，但是費用很高，對患者的身體狀況要求也比較高。而這位專家改良的方法是應用最多的，首先是便宜，其次容易操作，缺點當然也有，比如手術時間長等等，但這個方法在國際上已經是領先的地位。

李傑知道，這個方法從公佈開始，一直是室間隔缺損修補術中最先進的方法，同時也是近乎於完美的方法，一直應用了十幾年。

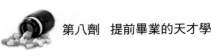

講座開始前幾分鐘，走進來一位身穿中山裝精神矍鑠的老者，李傑一看便愣住了，這不是開學第一天給自己帶路的那位老先生嗎？難道他就是傳說中的強人？

老者的到來，引起一陣騷動，接著是如雷般熱烈的掌聲。

老者打開了電腦，巨大的投影幕布上寫著「室間隔缺損修補術的改良」，下面署名是江振南。

講座在熱烈的掌聲中一次又一次地達到高潮。

當講座結束的時候，會場響起了持久而熱烈的掌聲。

按照習慣，每次結束的時候，演講者會回答一些問題。

提問很是踴躍，幾乎超過三分之一的人都有問題，江振南熱心地回答著，但因爲人數太多，不可能一一解答。

江振南正在猶豫著回答哪個問題的時候，突然發現了一個熟悉的面孔，於是毫不猶豫地點名他來提問。

這個人當然就是李傑。江振南還記得，這個小傢伙迷路的理由很有趣，雖然這個理由不一定是真的，他說記住了人類所有的神經與血管的走向，江振南認爲他並沒有誇大其詞。

李傑沒有什麼把握認爲江振南教授還會認識自己，他舉手提問就是想用提的問題給教授留一個好印象。但是當他發現會場一片舉起的手，有點兒鬱悶，覺得自己希望渺茫。希望渺茫不代表沒有，希望有的時候就存在於渺茫的一瞬間。江振南教授對這種手術的研究已經到了極致，就算在李文育那個年代，也不能用更簡單的方法達到同樣的療效。沒有簡單的方法，卻有複雜的方法。擁有一套療效更好、但是方法很複雜的技術，當然複雜是對其他人而言。

李傑的提問，使會場很多人都沒有明白他那複雜技術所帶來的驚人療效，但是江振南卻明白他提出這個手術的意義。李傑提出，所有不同類型通用的補片修補法以及防止損傷傳導束的淺縫合方法，即在傳導束損傷危險區，縫合針在心內膜下行走。這讓江振南感到震驚，講座後他推辭了所有的活動，將李傑拉到了辦公室。

江振南的辦公室樸素整潔，老人與李傑面對面坐著，似乎老朋友一般。

「江老師，我還以爲您不記得我了！請您原諒我的放肆，我其實就是想吸引您的注意力！」李傑慚愧道。

「這怎麼是放肆，你所說的的確很有見解，真不敢相信，去年的新生竟然到了這個地步！你爲什麼要吸引我的注意力啊！」

李傑將事情都講了一遍，同時把想提前畢業的強烈願望轉達給了對方。

在李傑說完以後，江振南只是淡淡地問了一句：「你覺得你可以在很短的時間內完成學業？」

「這不是很難！就算畢業的論文我也可以在現階段完成，甚至研究方向我都已經選擇好了！」李傑立刻毫不猶豫地回答。

「哦！」江振南饒有興趣地看著眼前這個大一學生。李傑給他的第一印象就是一個吃苦耐勞的農村孩子，但是他不認爲李傑的水準已經達到臨床博士生的條件。

「其實，我也聽說了你的事情，現在學校也在討論關於你提前畢業的事情。你要知道，我們學校是國內醫科大學的旗幟，你提前畢業不僅僅是關係到你，說小了是學校體制的問題，說大了是關係到整個國家的醫療教育制度！」

「我的確沒有想到這麼多，我只是認爲我的能力達到了要求，應該得到應有的待遇。」

李傑可不想因爲制度犧牲。

「好了，我明白了。聽說學校正在討論一個對你具體可行的方案，你需要等待一下，我想應該是沒有問題。」

「可是你們根本不瞭解我，怎麼能直接對我下定論呢？如果讓我六年完成七年的學業，那算什麼提前？我想我應該加入討論中，我有權利決定自己的命運！」李傑堅定地說。

「小子，你還挺有脾氣。不可否認你確實很有靈氣，對事情也很有見解，但你畢竟是一個一年級的新生，你要知道醫學是一步一步走出來的！」

「江教授，我希望能夠得到一次機會來證明自己！」李傑對於江振南的話還是很贊同的，醫生是一步一步實踐出來的，但是他必須爭取，因爲做爲李文育的時候，就已經通過了很多臨床的考驗。

「好，那你說吧！你想怎麼證明？」江振南說道。

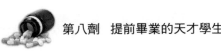

「可以是一個考試，考試的範圍可以是七年學習的所有內容，或者是一個真正的臨床手術，當然這需要病人家屬的信任，以及老師您的信任！」李傑對於江振南的小瞧有點生氣，他此刻毫不客氣，也毫不保留。

雖然認識的時間不長，但是江振南覺得李傑不是一個說大話空話的人。可這次李傑也太托大了，怎麼說他也只是個大一的新生。江振南見過的人很多，這其中包括無數天才，再天才的人也不可能在這麼短的時間裏完成七年的學業。醫學知識浩瀚無邊，晦澀難懂，其中的知識點更是需要理解與靈活運用。就算是過目不忘的天才，能將所有的知識都記住了，也不可能通過考試。因爲死記硬背只能看到片面的疾病，臨床上的變化太多了，而且醫學更注重動手能力，可能什麼都明白，但是卻不一定能夠做到。

「好吧！既然你要求，我再跟他們探討一下，你的意見我會考慮的，我會給你一個滿意的結果！」江振南說道。

李傑不知道江振南這句話到底是不是真心的，但此刻他也沒有辦法了，畢竟自己太年輕了，醫學領域又特別注重經驗與資歷，他還是李文育的時候，也不放心將各種重要的工作交給手下的研究生做。

李傑只能無奈地搖搖頭，坐以待斃不是他的風格，他或許還需要想其他的辦法！

王永今天很是無聊。通常他覺得無聊的時候，就會在辦公室裏看一些以前記錄的病歷。他寫病歷有自己的特點與個性，總是會在最後寫一些總結性的東西，這是給他自己看的。王永經常性地回顧病歷，這樣可以從病歷中總結出一些重要的知識，有時候還可以獲得一些新的想法。

可惜的是自從當了主任以後就很忙，一直都沒什麼學習的時間，每次想要學習總結的時候，總是會出現一些瑣碎的事情。

這不，就在他正仔細地看病歷的時候，傳來了一陣敲門聲。王永無奈地搖搖頭，進來的正是李傑。李傑沒有別的目的，就是覺得應該來感謝一下王永，他覺得提前畢業的事情是因爲王永才有了轉機。

「你怎麼還有閒心來我這裏晃悠啊？聽石清說你準備考取製藥工程的博士啊！好像你臨床提前畢業也通過了吧？」

「王主任，這次能通過提前畢業的申請，還得感謝你啊！」李傑一進門就表示了感謝之意。

「這個……」王永覺得很慚愧，因爲在這件事上他並沒有給李傑太大的幫助，實在是受之有愧。

「李傑，我沒有給你什麼幫助。」王永坦白道。

李傑不明白王永爲何這樣說，王永沒有開玩笑的意思。

「李傑，其實這件事全靠張璇的幫助，要不是她，你的事不可能辦得這麼順利。」

王永的話超出了李傑所能理解的範圍，看著有點不明就裏的李傑，他歎了一口氣想，李傑是不會想到是活潑可愛的張璇給了他那麼重要的幫助。

「李傑，我說的全是實話。張璇在聽到你的事情後，就和她父親說了，她還告訴我，千萬不要告訴你！你知道嗎？她爸爸現在升官了，已經不是行政院長了，是衛生廳的副廳長了！」王永平靜地說出了讓李傑頗爲意外的事情：「感謝的話，還是留給張璇和她的父親吧！」

「王主任，不管怎麼樣還是要謝謝你的！」

「你可別說了。對了，你去就換一套衣服，第一次去你女朋友家見岳父了，這一身怎麼行？」

「……」

李傑道謝之後正要離開，王永又說了一句讓他差一點摔倒在地的話。

「新姑爺第一次上門，別忘記給你未來的岳丈帶點見面禮啊，要是沒有錢的話，我這裏有！」

張凱這幾天比較忙碌，因爲女兒的手術做完不久，正處於術後恢復期，他和女兒的關係一直不太好，又剛被任命爲衛生廳副廳長，還要進行醫療改革之前的調研。新官上任三把火，這火還是要燒的，沒時間陪陪女兒，自從妻子去世以後，總覺得對不起女兒，但是工作上的事又不能完全放下。

張凱靜靜地站在女兒的房間門口，看著她不停地在紙上寫寫畫畫，歎了一口氣回到了書房，將這幾天收集的調研報告翻開，開始工作。

傳來了一陣門鈴聲，張凱站起身打算去開門，卻聽見女兒充滿驚喜的聲音：「李傑，你怎麼來了！」

張凱聽著女兒和李傑聊天，不知道應該欣慰還是擔心，不過爲了女兒高興，他決定暫時還是不去打擾他們，年輕人自然有年輕人的話題，自己一出現，女兒肯定是不願意。算了，還是繼續工作吧!張凱於是又重新坐下，翻開了那份調研報告。

不過，李傑這個名字他熟悉，就是女兒讓自己幫忙提前畢業的天才學生?

張凱一直都有預感，這個孩子會來找他，並且會對他的工作、計畫有很大的幫助。

在客廳裏，李傑先是仔細地詢問了張璇的恢復情況，又講了一些故事，逗得張璇咯咯直笑。當李傑把感謝的話說出來的時候，張璇顯得有些不高興，老大不願意地看著李傑那張一本正經的臉。

「我還以爲你是來看我的!你也別感謝我，要感謝就去感謝你的張院長吧！」張璇氣鼓鼓地說。

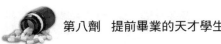

李傑看著先前還談笑風生的張璇，現在卻擺出了一副冰冷的臉，也不知道是怎麼讓她生氣了。

「我不是這個意思，我們雖然是好朋友，但是你幫助我，我也必須要謝謝你啊！我今天來主要是來看你，順便謝謝你！你可知道我找你家花費多少力氣麼！」

「好了，好了，你要找的是張凱吧。」張璇看出了李傑不想傷害自己，便領著他走到書房門口，敲了敲門：「張院長，李傑找您。」

張璇的語氣有點奇怪，當李傑走進書房以後，張璇並沒有留下，而是有些不高興地回了自己的屋子。

張璇坐在寫字台前，想把先前沒有完成的作業寫完，但是無論如何努力，心卻平靜不下來。她努力想把李傑想像成爲一個普通朋友，但是，僅僅只是普通朋友嗎？要只是普通朋友就好了，一切就不像現在這麼讓自己心煩意亂了。

張璇呆呆地拿著那天李傑在病床邊留下的那張紙，紙上是自己的素描。她搞不明白，爲什麼會把這幅畫留下，也搞不明白怎麼會喜歡上李傑，有時愛情就是那麼奇怪，來得突然，沒有任何理由。

「張院長，這次提前修學分的事，還要多多感謝您！」李傑將感謝的話說了出來。

「你就不必感謝我了！我也沒做什麼！」張凱淡淡地回應著，並沒有特別的語氣。

靠！這個也說不用我感謝，那個也說不用感謝，那我就得感謝老天啊？你雖然嘴上這麼說，但還不是在接受我的感謝？李傑看著張凱毫無表情的臉，心裏暗暗嘀咕的同時，也在偷偷地打量張凱，只見他五十歲左右，頭髮掉得差不多了，不過看起來精力充沛，好似四十多歲。

「我只是按照政策辦事，你的條件在現行制度政策上都符合要求，我做的只是我應該執行的政策。」張凱的語氣依然是拒人於千里之外。他摘下眼鏡，看著眼前這個年紀輕輕的農村孩子，總覺得他年輕的面貌下隱藏了很多不爲人知的東西。他拉過一把椅子，和李傑面對面地坐了下來：「李傑，我想和你好好談談，你也不要把我當成是什麼領導。」

不把他當領導，那把他當什麼啊？領導都喜歡這樣，通常這樣說的時候，都是危險來臨的時候。但是看張凱那樣子，貌似不會有什麼危險，難道就像是王永說的，把他當成是我未來岳丈？李傑的心裏充滿了疑問，但是他又不好說，於是點頭同意。

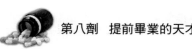

「李傑，你覺得張璇這個丫頭怎麼樣？」張凱炯炯的目光盯著李傑，似乎是下了很大的決心才問這句話。

李傑看著張凱的目光，都不知道說些什麼好了。張璇？張凱最愛的是他唯一的女兒，但他們之間似乎有著不可調和的矛盾。到現在爲止，李傑還沒有聽到過張璇叫一聲「爸爸」，而張凱也時常用一種愧欠的目光關愛地看著女兒。

李傑看著張凱有些微禿的頭髮，一時之間，竟不知如何回答張凱提出的問題。

張凱歎了一口氣，想起妻子還在的時候，自己也像現在一樣忙碌，沒有時間照顧家裏，裏外全靠妻子一個人。妻子過世以後，女兒就立刻和自己疏遠了，本來有幾次想帶著女兒出去散散心，可每次都沒有去成。開始女兒還和自己鬧點意見，可漸漸地意見沒有了，再之後想帶女兒出去玩，女兒只是淡淡的一句「我有自己的事」就拒絕了，大概女兒不想再失望吧。

女兒現在看自己的目光也和她母親一樣，眼睛裏沒有了快樂，更多的只是冷漠和孤獨，只有和她的朋友在一起時，才能看到高興和歡樂。

李傑出現的這一段時間裏，女兒要比和自己在一起所有的日子都高興。可是，女兒的眼中也出現了一縷淡淡的憂愁。

「我覺得張璇是一個好女孩！她善良純潔，但是您不要誤會，我們不過是普通的朋友！」李傑說的是實話，不過這是他的想法，張凱可不這麼認爲。

「我女兒喜歡上你了，難道你不知道嗎？」

「我知道，不過我覺得我們還是做普通朋友比較好！」

「李傑，張璇是我唯一的女兒，你不能傷害她！」

「我明白，可是我也要告訴您，你不覺得你對張璇的關心太少了麼？」李傑看到張凱的表情立刻陰了下來，趕忙說：「其實我只是覺得，你們的關係有些不太融洽，您可能是由於工作原因而忽略了張璇的內心感受！」

張凱長長地歎了一口氣，飽含著無奈與悲傷。

「我和女兒的關係的確不怎麼好！她現在把我當成路人一般，但是我也沒有辦法，我有我的事業，我有我的病人，他們也有父母也有兒女，誰都不想失去自己的親人，希望張璇以後能理解我！」

李傑聽了張凱的話一臉地震驚，他自認爲是一個好人，是一個負責任的人，同時也認爲自己是一個醫德高尚到頂的人，可是他發現與張凱比起來還是差了一個境界。張凱這樣的人可以叫做聖人，捨小家爲大家，是只有書本上才能看到的人。這個世界上還真的有這種人啊，如果他說的都是真心話，那也太值得欽佩了！

「李傑，張璇是我唯一的女兒，我對不起她媽媽，只能好好地照顧她，所以我不希望你跟她在一起！」

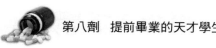

「爲什麼啊？」李傑疑問道，不過他立刻就後悔了，問這個幹什麼？又不想追人家。

「因爲我想你做一個好醫生，但是做一個好醫生就不會是一個好丈夫！」張凱說著，轉過頭去看著書桌旁的一幅照片，李傑順著他的目光，看到了一個和張璇有幾分相似的女子，照片中的她，憂傷中摻雜著一絲淡淡的哀愁，似乎正在訴說著幽怨。

張凱悲傷了一陣，很快就恢復了常態。三句話不離本行，馬上就問到了李傑修學分的事情。李傑將準備兩年修完七年學分的想法告訴了張凱，對方並沒有表現出李傑所想像的驚訝，只是低頭沉思了許久。

張凱覺得，李傑的想法有點大膽，說好聽的是年輕人的衝動，不好聽的就是不知道天高地厚了。他也是學醫的，當然知道其中的艱辛，不過他沒有說出來，李傑能幾年修完學分並不重要，張凱有自己的打算。

「李傑，想必你也知道吧？你這次提前修學分的事，在學校引起了很大的議論，大部分教授認爲，你的這種做法有悖於常理，不贊同！最主要的原因就是醫學的特殊性，醫學是一門十分嚴謹的學科，這是以生命爲代價的醫學，所以提前畢業的話並不能讓人放心；其次就是你提前畢業的話會觸動一部分人的利益。你要知道，這並不是一個孤立的事件，會遇到你所想像不到的阻力！」

張凱的話，李傑也是最近才明白的，他當時可沒有想那麼多。

張凱頓了頓，繼續說：「不過，在學校裏還有相當一部分教授贊同你的做法的，畢竟，現在的競爭也不再是以前純粹的武力競爭了。衡量一個國家的實力，是以科技和人才水準作爲標準的，如果你可以提前修完學分並且提前畢業的話，那麼你的時間就比同齡人要多出很多，你可以用這多出來的時間來進行學習。如果全國的醫科大學都有這麼一批像你一樣的學生，那麼我們國家的年輕人才就要比其他國家要強多了。不過這兩派教授平時的意見就多有分歧，你現在也成了他們爭端的焦點了！」張凱的話讓李傑覺得也不無道理。

「我也沒想到我會被推到風口浪尖上！一個小小的事情竟然變成了學校兩派教授的爭奪！」李傑歎氣道。

「我這次幫助你，其實是有我個人的一點意願，我之所以贊成你提前畢業，其實是打算讓你做我的開路先鋒！」

「開路先鋒？我不明白！」

「國家任命我爲衛生廳副廳長，給我的任務就是研究醫療的改革！現在我正在準備改革前調研計畫書。你提前畢業就是我這個計畫中的一部分，我有足夠的信心將這份調研進行得更加細化和完善，你明白嗎？」張凱給了李傑一個善意的微笑。

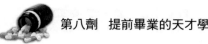

李傑舔了舔有點發乾的嘴唇，立刻表示了自己的忠心，雖然聽上去有點假惺惺的：「願爲您馬前小卒，只進不退！」

李傑的表現讓張凱感到意外，他的改革計畫很少有人能理解，對於李傑的支持他很欣慰。於是，他開始講起了自己的計畫：

「我面對的是一個十分迫切和艱難的任務，一個成熟醫生的成長至少需要十年，而這十年對於目前需求迫切廣大患者來說，時間太漫長了。如果從一個大學生來算起的話，那至少需要十三年以上。現在醫療界缺少的就是人才，我們國家還有很多赤腳醫生。但現在很多患者不是死於疾病，而是死於醫療事故，死於少數醫生的不負責任。」

李傑深表贊同，一個剛畢業的醫生需要在醫院裏實習一年，取得執業醫師資格，在三至五年內，熟悉醫院的運作過程，才能真正地獨當一面。在此後三五年的時間裏，才可以升級成爲主治醫師，大學生則還需要用五至八年的時間在學校學習。如果像李傑這樣提前畢業的學生多了，那麼就會有一批醫生提前進入醫院，快速地緩解醫學人才緊缺的情況。

「當然，人才緊缺只是其中的一小部分，還有更多其他的問題，比如現在的醫患關係雖然還不是非常緊張，但是和以前比起來，已經不太一樣了。我覺得醫療制度如果不進行改革，那麼在以後不久的將來，我國的醫患關係將變得不可預料，其中的主要原因之一就是制度的不合理。」張凱說出了自己的預測。

李傑想著自己原來所處的那個時代的醫患關係確實如此，國家花了很大的決心和力量進行醫療改革，結果改來改去，最後還是被下了「醫療改革基本失敗」的結論。現在這個世界的改革不知道會怎麼樣，但目前看來也不過是一次很小的改革，李傑覺得應該提出一些建議來幫助張凱，於是提出了一些構想以及自己那個時代改革失敗的經驗。張凱很認真，甚至用筆記了下來。

張凱是個非常講原則的一個人，因此也得罪了不少人。而在張凱眼裏，李傑就像是一個天才一般，不僅學識淵博，甚至醫改方面還能提出那麼多可貴的建議和意見，張凱覺得遇到李傑是上天對他的眷顧，他一定得好好分析分析，他的改革計畫突破口之一就是李傑，這個學生的提前畢業計畫就是打破老的規章制度，挑戰舊勢力的第一波進攻！

在討論李傑提前修學分這件事上，張凱又一次堅持了自己的原則。他認爲李傑的方法太過於大膽，他的意見就是一個字：「等」，他讓李傑等學校的消息，雖然他支持李傑提前畢業，不過在他的想法裏，提前最多也只能是提前四年，不可能如李傑所說的，用兩年的時間就修完七年的課程。

聽到張凱的建議，李傑差一點就從椅子滾落到地上：我的神啊，你還不如讓我直接念七

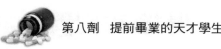

年得了，你的想法簡直就是非比尋常地保守，那還讓不讓本公子活了？你知道不，你這是在無情地浪費本公子的美好時光和青春年華。張凱啊張凱，看來我和你只有一部分的共同語言啊！李傑心裏不滿地嘀咕起來。

張凱這個傢伙太古板了，李傑如果不能說服他全力支持，唯一的辦法就是去說服學校。多說無益，李傑告別張凱父女，回去了。

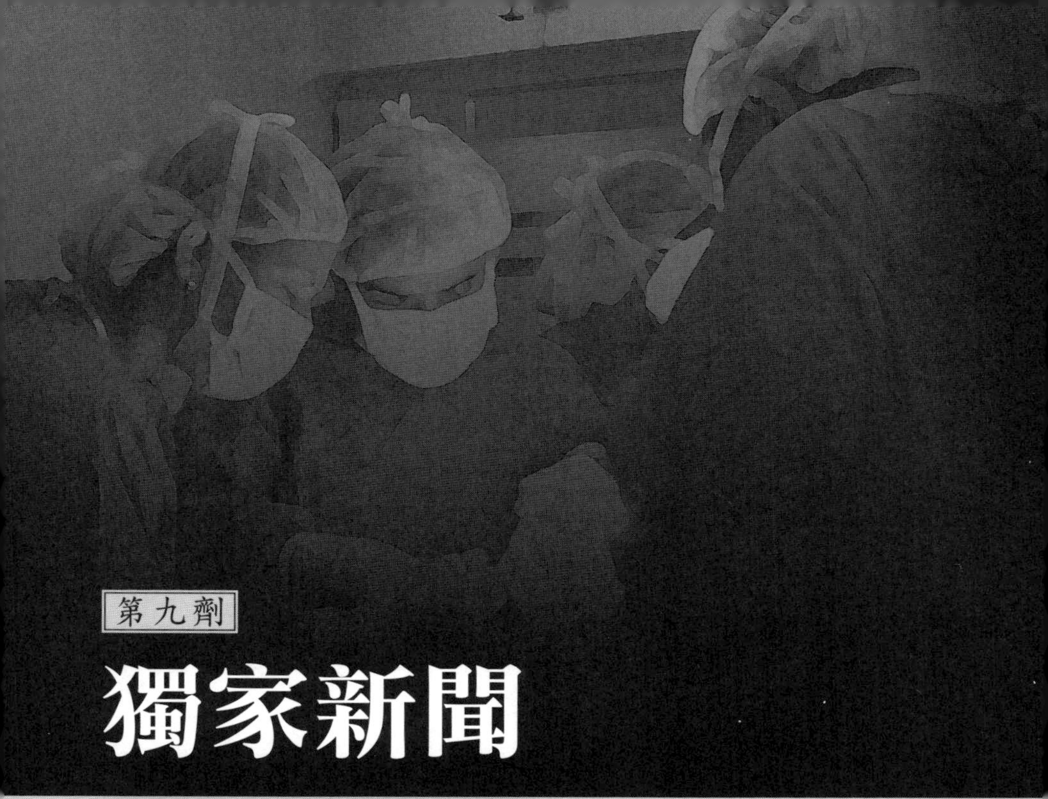

第九劑

獨家新聞

李傑站在一個不惹人注目的牆角，
一邊啃著從于若然那裏搶來的蘋果，
一邊笑嘻嘻地看著一群有點抓狂的記者。
「看來，本大爺計畫的第一步還挺順利的，
我倒要看看學校怎麼解釋。」
李傑心裏美滋滋地想，充滿了滿足感，
他覺得自己一天的功夫總算沒有白費，
這些記者有時候還是可以利用一下的。

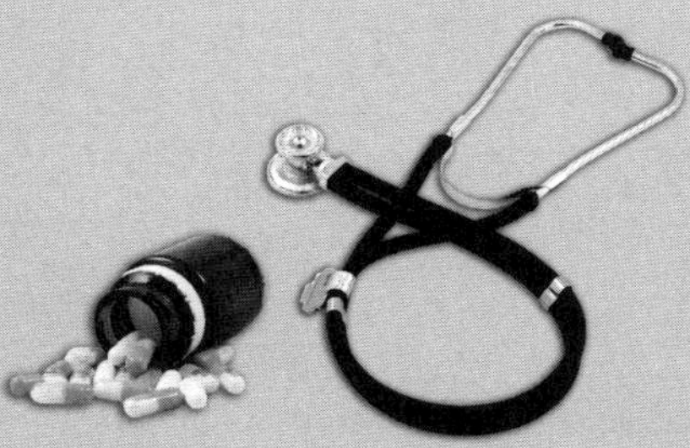

新聞報業大樓辦公室。新聞業無論記者還是編輯每天都很少有空閒的時間，做報紙的，特別是日報社，每天都要面對不同的新聞，所以時間總是滿滿的。不過他們從來都不介意加班，因爲加班的時候通常都有大新聞出現，代表著第二天報紙的熱賣，同時也代表著獎金會很豐厚。

「主編，請您看看，我覺得這是一個很好的新聞線索。」趙致將一份匿名信放在了主編的桌子上。主編只是微微點了點頭，就繼續忙自己的事情。

趙致有些無奈，只能回到自己的格子間，開始忙碌。

「碰」的一聲，主編將手中的紙狠狠地拍在了寬大的辦公桌上，吼了一句：「趙致，你給我過來！」

整個辦公區都能聽見主編咆哮的聲音。

所有的人都看著趙致，紛紛猜測這小子又怎麼得罪了以刻薄聞名的主編，誰都知道，得罪了他，通常都以辭職告終。

趙致戰戰兢兢地走過去，實在想不出怎麼得罪了主編。他來報社的時間不長，作爲新人總是勤勤懇懇、踏踏實實地工作，基本沒有得罪過人，也沒有犯過錯誤。

打開主編辦公室的門，就聽到主編近乎瘋狂的叫聲：「趙致，你馬上出去一趟，好好地查查這到底是怎麼回事兒！」

主編把那封信丟給趙致，就坐回椅子上使勁地揉著有點發脹的額頭。最近的新聞都太平淡了，他覺得這次是一個機會。雖然很多時候匿名信都不可信，但是這封信似乎有一種神奇的力量讓他覺得就是真的。讓趙致這個新人去，是因爲信是他送來的，報社裏也沒有可以出去採訪的記者了。

當趙致趕到中華醫科高等職業專業研修院的時候，立刻發現學校門口有幾輛同行的車，他覺得這件事有點蹊蹺，不過還是先看看再說吧。趙致不費吹灰之力就找到了學校的學生工作處，因爲遠遠看到一夥同行拿著傢伙正堵在一個辦公室的門口，閃光燈閃個不停，還在不停地寫著什麼，一個個就像打了雞血一樣興奮。

趙致跟在若干圍堵在門口的同行屁股後面，只恨自己沒有加長加粗的胳膊和腿。不過這些同行也沒有高興多久，學生工作處的一位老師留下一句「無可奉告」之後，便將辦公室的門關上了。一群同行不死心，依舊在辦公室附近等待著，想挖一個可以讓自己和媒體出名的機會。

「可惡，獨家新聞又搶不上了，還是先彙報一下吧！」趙致趕緊找了一部公用電話，向主編彙報了一下。

「趙致你給我聽好了，這回我給你派個攝影過去，你要給我把獨家搞出來，要是完不成任務，就等著收拾東西去山區吧！」主編猛地扣下了電話，把趙致的耳朵震得嗡嗡直響。

趙致心中暗罵「老混蛋」，同時也罵這個寫匿名信的，明明給報社說什麼獨家採訪，怎麼會有這麼多媒體。

抱怨歸抱怨，工作還是要做，畢竟還要吃飯。趙致看著擁擠的辦公室門口，有些鬱悶：這個消息要是自己拿不回去，可真不好交代，不過要去哪裏挖獨家新聞啊？

李傑站在一個不惹人注目的牆角，一邊啃著從于若然那裏搶來的蘋果，一邊笑嘻嘻地看著一群有點抓狂的記者。

「看來，本大爺計畫的第一步還挺順利的，我倒要看看學校怎麼解釋。」李傑心裏美滋滋地想，心裏充滿了滿足感，他覺得自己一天的功夫總算沒有白費，這些記者有時候還是可以利用一下的。就在李傑扔掉蘋果核，打算去好好看看自己勞動成果時，被人叫住了。

趙致正在尋找獨家素材和突破口的時候，發現有一個穿著校服的男生正有點猥瑣地看著，他的笑容看起來那麼詭異，不像個好人。

趙致實在是沒有辦法去尋找獨家新聞，他現在只知道匿名信的內容，說這個學校出現了天才，還是國家衛生廳欽點的，中國醫學未來的希望等。因爲來得比較晚，學校老師說的話他一點兒都沒有聽到。正在發愁的時候，看到了這個猥瑣的男生，當然就是李傑。趙致就像個溺水者發現了救命稻草，興許這傢伙可以給自己一點線索。

「這位同學，請問你認識你們學校的那個天才同學嗎？」趙致問著，盡可能拖延時間，因爲報社的攝影還沒有來，獨家，就一定要有獨家的照片來配合。

「你說哪個？莫非是天才少年李傑？聽說他玉面紅唇、貌勝潘安、智比諸葛！」李傑的表情此時看起來就像是一個未經世事的純真小男孩。

「……同學，你認識他麼？」趙致一看，樂了，心想：看來這個男生真是個素材的突破口啊。

「認識認識，他說要提前畢業，兩年要讀完博士！真是個出世的天才啊！」李傑一臉崇拜地道。

「同學，我請你喝茶，來跟我聊聊他的事情吧！如果還有其他認識李傑的同學，也一起叫上吧！」趙致趕緊追問了一句，生怕漏過任何一個線索。

李傑一聽高興了，沒想到還能賺點吃的，本來想帶寢室的兄弟一起吃死這個記者，他對記者一直沒有好印象，記者在他的印象裏就是「妓者」，昧良心說話的職業，是挑撥醫患關係的黑嘴。不過這個記者也是年輕人，估計剛剛畢業的，也就算了。

這次的匿名信就是李傑寫的，他沒有別的目的，就是來個壓力療法。

趙致不知道李傑看似忠良，其實有著李文育十幾年的社會經驗，將自己唬得暈暈乎乎。

李傑說話含糊不清，給足了記者發揮的空間，他知道記者最喜歡無中生有，斷章取義。在攝影記者還沒有出現的時候，李傑就將整個事件添油加醋、顛三倒四地說了一遍。茶喝得差不多，糕點吃了不少後，李傑害怕說多了自己臉紅，於是以上課為由跑掉了。

「停工，停工，給我連夜加班排版，換頭版頭條，換，給我徹底換，加印，一定要加印。」報社總編在看了由趙致寫出來的獨家報告時，馬上趕到制排版車間，像個精神病患者一樣吼來吼去。

總編喊得滿頭大汗，依然底氣十足，這次新聞含金量很大，他覺得明天報紙會有好的銷量，同時會有一份豐厚的獎金。

但是第二天，他看到競爭對手的報紙時，赫然發現很多「獨家新聞」：

《天才少年博士》

《未來醫學事業的希望》

《醫療改革從人才抓起》

……

這些都是正規一些的報紙，紛紛報導了這麼一件事情：中華醫科高等職業專業研修院的大一新生要求提前修學分，學校方面已經同意。有一家早報還特意將此篇報導放在頭版頭條，並附有獨家採訪，稱據消息靈通人士透露，該學生將在兩年的時間內完成七年制本碩博連讀，還在最後加了一篇社論，說這是一次前所未有的大膽開拓，將使整個醫療教育的改革發展到一個新的高度，並由此推進醫療改革的實行等等。

然而一些小報紙卻打著更加吸引讀者目光的題目：

《超越輪迴，醫學天才發現長生的秘密》

《天才？外星人？人類進化的方向》

《基因改造人現身京城》

《武林高手重現人間》……

就是李傑看到了這些小報也自愧不如，這些記者簡直比幻想小說家還要厲害！

窗明几淨的辦公室裏，清晨柔和的陽光射進來，平添了幾分溫暖。室內的盆栽植物已經發芽，預示著春天的到來。

江振南的習慣一如往日，早上喝茶讀報。不過今天他的心情不同往日，他所在的學校竟然上了頭版頭條，還不是一家報紙。如果報導的是學校好的一方面也好，可惜報導的竟然是一些無邊際的事情，甚至還牽扯到了一些政策問題，這讓他心煩不已。

江振南一大早將事件的主角李傑叫了過來，他想知道是怎麼回事。他很平靜地注視著李傑，他幾乎感覺不到有什麼不同。

李傑站在辦公桌前，一直等到江振南把報導看完，也沒有說什麼。江振南把報紙放到一邊，饒有興趣地看著李傑。

李傑迎上他的目光，毫不退讓。

「李傑，你小子可真有運氣，這麼絕的事，你都可以遇到。」江振南說完，還對著李傑笑了笑。看到他愣愣站著，似乎不明他的意思，江振南這才放下疑心，他以爲這件事是李傑去報社捅出來的，不過現在一想，一個孩子怎麼會想到這麼多事情？看來自己真是疑心太重了。雖然說這個世界上巧合的事情不多，也許這次真的是巧合。

「你也許不知道，你的事情上報紙了！可以說這件事情對你很有利，而且剛剛衛生部的領導也有指示，具體怎樣不太清楚，但是你提前畢業的年限可能會縮短很多啊！也許真的會如你所願！」江振南感慨道：「現在校方正在討論關於你的事情，馬院長對這件事格外重視，也許這是你的一次機會！」

「多謝江教授！」李傑趕忙鞠躬致謝。

「小子，不用謝我，這還需要你自己努力！同時你的運氣也真的不錯！馬院長和陸浩昌一直都是競爭對手。」江振南向李傑解釋著，「他們兩個在院長位置就整了一次，結果馬院長贏了，後來馬院長可以獲得一個批准專案，陸教授把他的專案擠了下來，馬院長有點不太甘心，他一直想找個機會把這件事情扳回來。」

話說到這裏已經再明白不過了，李傑趕緊再次道謝，這次江振南教授可幫了大忙。李傑也不禁感歎自己的運氣真的不錯，沒有想到陸浩昌和馬雲天竟然還有這麼一層關係。這次上天賜予的機會，怎能不好好利用！

利用這個機會，當然還是要靠媒體。這次媒體的幫助很大，李傑決定把這件事情告訴趙致，也算報答了他。

雙料博士學位就差一步了。李傑在告別了江振南以後，僅僅打了一個電話就繼續學習。

運作歸運作，那些都是歪門邪道，考試如果過不去，可就一切白費，自己已經在媒體的炒作下曝光了，如果考試掛了，那可真是成了天下最大的笑柄。

臨床的提前畢業問題解決了以後，李傑需要全力衝刺即將到來的製藥工程考試。

李傑被媒體曝光了以後，就成了校內的名人，也成了眾多人眼裏的珍貴動物，走在路上都能聽見別人在議論紛紛。

「聽說了麼？他就是那個要求提前畢業的天才！」

「哇！可惜不帥……」

「這麼個不起眼的小子竟然功課這麼好，肯定是書呆子！」

……

李傑聽了半天，也沒有聽到女生的尖叫，他歎了口氣，大失所望地回去了，可是回到寢室卻依然不得安寧。

「李傑，你小子這次竟然如此大出風頭！」王猛佯怒道。

「你怎麼也不提前跟我們說一下，我們是看了報紙才知道！」寢室的一個同學說。

「是啊！你太不夠意思了！」張強說道。

「兄弟們，對不起了，我也是最近才想到這些的，然後我就一直申請，現在剛剛批准下來，我也才知道，你們饒恕我吧！」

眾人看著李傑那可憐的無助眼神，沒有絲毫的憐憫之心，按倒他開始無情地蹂躪，李傑連連哀求依然無效。

打鬧了一陣以後，大家安靜下來。

「李傑，你很快就不跟我們一起上課了吧！」張強一直想避免問這個問題。

「還不清楚！反正我也不上幾節課，還不都一樣，我們還不是住一起嗎！」

「哈哈！想那麼遠幹什麼？我們今天晚上提前給咱們的小傑慶祝一下！」王猛吼叫道。

「李傑，來，和哥兒們乾了這杯。」張強手裏端著兩杯酒，向李傑走了過來。

李傑來者不拒，來一杯喝一杯。這不是他貪杯，如果換作別人敬酒，他也許一口也不喝。今天李傑覺得很高興，他覺得自己上大學所要追尋的找到了。

也許在大學近一年的時間裏，真正交往的同學不到十個。李傑來大學的目的其實很自私，除了拿文憑，更是想回憶一下曾經難忘的大學生活！

于若然坐在角落裏，端著一杯果汁，不知道該不該上去和李傑說幾句話。這次出來慶祝，除了寢室的幾個兄弟，還有一些平時玩得比較好的同學，而女生也就于若然。

于若然無論如何也無法理解，沒有上過幾節課的李傑竟然會提前畢業。李傑的種種表現讓她吃驚，深深印在腦海裏的是李傑有些無賴的笑。

看著李傑一杯接著一杯地喝著，看著他暢快地大笑，于若然也舉杯敬酒：李傑，我會追上你的！

李傑在這次聚會上被同學灌了個夠，張強王猛扶著他回去，李傑覺得，大學同學的友誼是最純粹的，沒有利益的瓜葛，沒有人際的約束，一切都是那麼自然純潔。

不過，李傑就要和這樣的生活說再見了，他將面對的是社會上錯綜複雜的利益糾葛。

陸浩昌已經很久沒有插手實驗室具體的研究了，現在他就像一個總指揮，指揮著幾個博士生爲自己工作。

他覺得整個實驗已經沒有什麼難度了，大體架構已經完成，剩下的內容交給這些孩子沒有任何問題，他對他們的能力非常肯定，就算他現在加入到實驗中，也就是加快實驗的速度而已。

馮有爲在試驗台前忙個不停，不時地在實驗記錄上寫寫劃劃，陸浩昌看著馮有爲認真的樣子，不由地點了點頭。馮有爲是一個刻苦且比較用心的學生，自己交給他的事情總能很好地完成。他為人兢兢業業，刻苦拚搏，聰明且勤懇，是一個好孩子。

如果沒有李傑，陸浩昌絕對會毫不猶豫地認可馮有為是最好的接班人。

在陸浩昌心目中，李傑是這次實驗中最大的發現。他還記得李傑剛剛上大學的時候，就喜歡偷偷到他的課堂上旁聽。李傑問的那些問題，讓他覺得這個貌似樸實的孩子很有靈氣。

現在李傑已經是他的博士生了，他看過李傑的考試成績，分數足夠高。他知道李傑還打算提前在臨床醫學方面畢業，他還知道馬雲天似乎對這個小子也感興趣，不過他已經有了計畫，李傑最終會在他的實驗室，而不是馬雲天那裏。

李傑在博士考試結束以後，立刻回到了實驗室趕進度，他的速度快得讓陸浩昌驚訝。李傑是一個天賦大於勤奮的學生，正是由於天分，他的試驗進度要比馮有為快得多，而且他提出的一些建議和試驗改進方法也很實用，這讓試驗的整體進度快了不少。上一次，他提出的理論就很有前瞻性，要不是李傑，試驗還不知會走到什麼地方去。馮有為雖然也在後來發現了，但比起靈氣來，李傑還是略勝一籌。

馮有為基礎扎實，為人勤懇又聰明，說來兩個人都是一等一的人才。陸浩昌要在他們兩個人中間挑選一個。雖然他也想過兩個人一起招攬，隨後又放棄了這個想法，因為有些時候一加一可能會小於一。

如果要選一個的話，他應該會選擇李傑。雖然，李傑曾經不止一次地說過要在臨床方面發展，但是，李傑有信心在臨床發展，陸浩昌就有信心把他從臨床方向拉過來，不要以爲憑著興趣就可以在臨床方面取得成果。

有些人，我可以用自己的信仰來改變他的世界觀，就像馮有爲一樣，他只不過是一個我先前認定的接班人而已，而我可以用一切可以動用的力量來改變你，你要知道，根本沒有人可以改變社會，只有社會來改變他，我相信，你也不例外，陸浩昌想。

其實李傑本來不想打擊馮有爲的，但這也沒有辦法的事情，他不得不早點結束實驗工作。

上次突破瓶頸的論文中，李傑所設置的陷阱暗門，極大地阻礙了實驗的進度。李傑已經拿到了博士學位，他不能再留著這些了，所以一次性把難題都解決了。

當李傑將實驗報告交給陸浩昌教授的時候，他能感覺到馮有爲那種絕望與憤怒，不過他完全不在乎對方那充滿怨恨的目光在自己身上掃來掃去。

李傑又回到了實驗室，他又可以跟石清一起工作了。這對於李傑來說是無比幸福的，這幾天學習他已經累得不得了。

不過石清卻警告李傑，現在是試驗最後的關頭，不能出紕漏。所以，在這最後的一段時間內要格外地努力。

馮有爲費盡了心思，到最後還是發現，以自己的力量還是無法緊緊跟在李傑身後，他只能在研究的道路上隔著一段距離望著李傑的背影。而這段距離不是由自己所能決定的，決定這一段距離的只有前面的那個人，也就是李傑。李傑，爲何你會出現？

李傑與石清的歡聲笑語，李傑的傲氣凜然……馮有爲心裏的怨氣開始不受控制，如野草一般瘋長起來。

「爲什麼他的試驗進展老是比我快，李傑，爲什麼你會在這裏出現？原來這個實驗室除了陸教授，就是我的天下，我有學識，我有才幹，在你沒有來的時候，整個實驗室的進程都是由我來掌握的，但是，自從你出現了以後，大家都開始圍著你轉，現在連石清都開始遠離我了，你就是我的敵人，我要讓你知道，我馮有爲不是一個草包，你等著。」

馮有爲看著和石清討論試驗的李傑，心裏恨恨地想著。他覺得，李傑不過是一個大一的學生，而自己是博士，學歷比他高。李傑進實驗室不過才半年多，要論資歷也沒法和自己比，因爲這個項目從確立到組建實驗室，組建試驗團隊，一直到現在，馮有爲一直跟在陸教授的身旁。難道李傑就憑攻克以前的那個難關，就一躍成爲陸教授眼中的紅人？

扔，直接趕上去。

「石清，你等等我！」李傑一般收拾資料，一邊嚷嚷道。

石清卻如沒有聽見一般，腳步不停。李傑看到她不理睬自己，頓時著急起來，把資料一扔，直接趕上去。

「小青石，你怎麼了？我沒得罪你吧！」

「沒有啊！」石清腳步也不停，看都不看李傑。

「那你爲啥不理我啊！」李傑無辜地道。

「我爲什麼要理你？」石清沒好氣地道。

「好歹也是師生一場，現在我們又是同事，說不定以後我們還能更進一步！」李傑笑嘻嘻說道。

「去，誰跟你更進一步！」李傑發現石清走得更快了，趕緊加快步伐追上去。

「石清姐姐別生氣，我這不是關心你麼。我們回去都是順路，我護送你回去！讓我當你的護花使者吧！」

「如果你請我吃飯，我也許會原諒你！」

餐館裏，李傑與石清找了個安靜的角落，隨便要了幾個小菜。李傑又講了幾個笑話，石清終於恢復了笑容。

「小青石，你告訴我這是怎麼了？怎麼今天怪怪的！」李傑問道。

「李傑，你知道麼？你什麼都好，就是有點太喜歡出風頭了！」石清歎氣道。

「我明白了，你是因爲實驗室那幾個鳥人吧！我也不想啊！」李傑說的倒是實話，他根本沒有想過奪取馮有爲等人的地位。

「他們可不那麼想，你知道麼，他們說我把自己的研究成果透漏給你！還有……」石清說著，卻停住了。

「他們還是不是男人！我去找他們算賬！」一瞬間，怒火就燒過了李傑的頭頂。

石清趕緊拉住他，柔柔地說：「算了吧！我們這個實驗也快結束了，給彼此一個好的印象吧！」

「實驗結束後，你打算怎麼辦？」李傑問道。

「還不知道，我還有最後一年，也許畢業後我會工作吧！一想到畢業我就害怕，生活了七八年的地方，卻一下子就要離開了。」

「放心，我是不會離開你的！」

面對著石清的目光，李傑覺得自己暈了。

石清在李傑心中點了一把小火，一把愛情的小火，這火燒得不旺，溫度不高，卻燒得他一晚上都沒有睡好。李傑也不知道爲什麼，昨天突然對石清「放肆」起來，該說的說了，不該說的也說了。

第二天一早，李傑就爬起來，他覺得石清並不討厭自己，所以應該乘勝追擊。可是他剛剛打扮好，心情就無比鬱悶，打扮得這麼帥氣，竟然被通知去馬雲天院長辦公室。

李傑雖然抱怨，不過他還真想見見學校的最上層的老闆。

第一眼看到馬雲天的時候，李傑覺得這個老頭像一個清潔工，當然如果他不是坐在辦公桌前看報告就更像了。

這也不能怪李傑，馬雲天自己都承認穿著沒有品味，每年衣服就是三套，春秋一套冬天一套，夏天一套，顏色以灰色爲主，走在大街上，沒有人會認爲他是一個老闆。

馬雲天很和氣地示意李傑坐下來，他沒有多說什麼，就將那份報告遞給了李傑，李傑接過一看，知道自己兩年內修完學分的事有戲了。

「關於李傑同學申請提前修學分的事兒，經過學校討論，大多數老師已經同意了，不過我們覺得有必要對你進行一下測試，以此確定你的學習計畫！」馬雲天看著眼前這個年輕且平凡的小夥子，無論如何也不能把天才和他聯繫起來。

「測試具體內容大概是什麼呢？是不是只要我能按規定把學分拿下來就可以畢業？」李傑有點兒迷惑。

「考試分兩個方面，除了書本方面的考試，還有必要考核一下你的試驗能力是否和筆試能力一樣強。如果你有能力，我當然可以讓你最大限度地提前畢業！」馬雲天解釋道。

這些李傑早就想到了，學校不會那麼輕易放過他的，但是他向來不怕考試，這一年來的考試，李傑已經把握了學校和這個時代的考試基本要點。

「那麼，馬院長您打算什麼時候考核啊？」李傑詢問道。

「當然是儘快。不過，考核我們會分為兩個部分進行，第一部分就在最近。」馬雲天看著一臉自信的李傑回答道，很少有人能像他這麼自信的，「時間我們給你安排，應該是在最近這一周內吧，到時候，我們會通知你的。」

「那謝謝馬院長了！」李傑鞠躬道。

「不用客氣，你不用那麼拘謹，算起來我們還可以算同窗，都是江教授的子弟啊！」馬雲天玩笑道，他說的江教授就是江振南教授。

李傑又說了一些閒話，就離開了。

李傑看著手中的資料，有些不太明白地搖了搖頭，不知道是出於什麼原因，馬雲天並沒有告訴他試驗考核的內容是什麼，甚至都沒有告訴他考試的範圍，要知道就算是研究生和博士生，考試也是要劃定考試範圍的。也許考試內容還在討論吧？

李傑認爲，以自己現在的實力通過實驗考核，簡直就是不費吹灰之力。不過還是要好好學習，免得好不容易創造的機會跑了。

從這裏也能看出馬雲天和陸浩昌的區別，不知道當時馬雲天怎麼當上院長的。

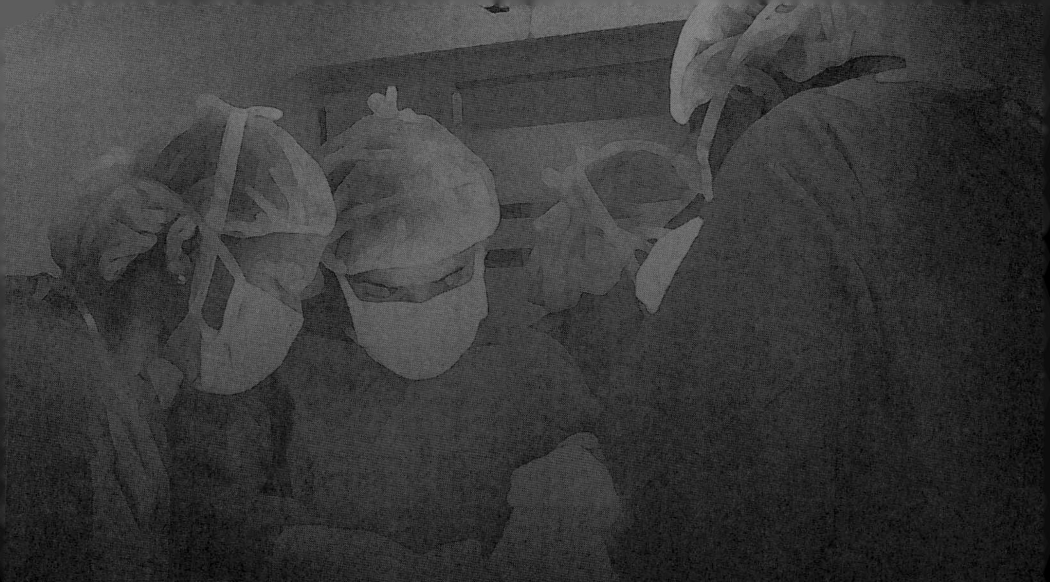

第十劑

跨時代的生意頭腦

這個時代懂電腦的不多，很多人把電腦神聖化了，以為裝機是很難的事情，
因此商家就利用消費者電腦知識的匱乏來牟取高額的利潤，
同時又組成了銷售聯盟，誰都不肯降價，價格權掌握在他們手中。
「劉倩，你能不能幫我打聽一下，這些傢伙的貨源都是哪裏進的？」
李傑在逛了整個蛤蟆屯後，決定跳過這些吸血的中間商。
「這些都是老闆的秘密，似乎不好打聽！」劉倩為難地說道。
「小笨蛋，你不會偷偷地去看他的進貨記錄？
把他們進貨機構的電話給我就行！」
劉倩不知道李傑要幹什麼，但是李傑要求她的事情，又怎麼會拒絕？

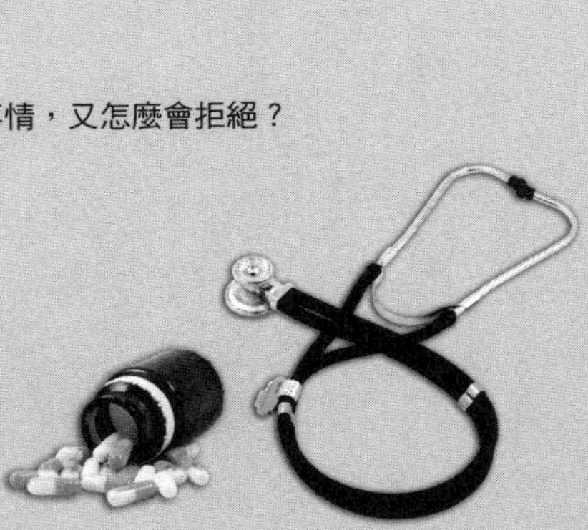

因爲實驗室的工作已經告一段落，陸浩昌現在忙著拿科研成果去申請臨床試驗，這段時間李傑可以輕鬆一下，製藥工程的工作已經完成得差不多了，博士方面的學習也不用發愁，陸浩昌自然會安排，論文方面可以直接以這次的實驗爲題目來寫。

目前要做的還是臨床方面的計畫，首先李傑順利通過提前畢業要感謝兩個人，江振南教授和張璇的爸爸張凱。最該感謝的是江振南教授，這位老教授可是馬院長的老師，也是他的忠告，才讓馬雲天和陸浩昌來爭奪李傑。可這次李傑沒有機會感謝他了，聽說江教授去了國外做報告。

李傑有些無奈，大包小包的水果拎了一堆，這可是他兩個禮拜的伙食費，他決定去張凱的家，雖然天色有點晚了。

張凱看到李傑似乎很高興，一張永久不變的撲克臉開始有些細微的變化。領著李傑進屋，然後泡上了一壺好茶。

喝著香茗，李傑有些困惑，張凱怎麼一下子這麼熱情了？茶雖好，可惜沒有美人，張璇不在家，這多少讓他有些遺憾。

「李傑，我聽說你已經考取了陸浩昌教授的博士生，對麼？」張凱關切地問道。

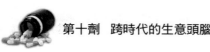

「是的，我剛剛考完試，而且我的臨床提前畢業也完成了申請，說是要測試一下，然後規定我的學習計畫，我覺得再有一年的時間我就可以畢業！」

「小傢伙還挺自信！這次你是無心插柳柳成蔭，運氣好而已，本來你的兩年時間申請都要被槍斃了，差點要定五年完成，誰知道報社竟然幫了你的大忙！」張凱笑道。

李傑心裏暗道：報社是本公子自己找的，什麼叫做運氣好！當然他只能在心裏說，表面上卻裝作一臉茫然。

「現在整個教育系統、醫療系統都在關注你，你知道麼？」

李傑搖頭，張凱喝了口茶，繼續說道：「這次的測試是關鍵，可能會出很難的題目，畢竟兩年完成學業太驚世駭俗了，他們也許會想辦法拖你一年！」

「他們不會故意把我答對的題目判錯吧？」李傑驚道。

「這個應該不會，但不排除這個可能！」

李傑看張凱的樣子不像說謊，再想想馬雲天給他的考試資料一點也沒有洩露題目，覺得額角已經滲出汗珠。

「李傑，不要害怕，我來告訴你下一步怎麼辦。」張凱顯得很自信，但是他的笑容卻有一點怪異，這讓李傑覺得上了賊船的感覺。

李傑開始不明白，張凱爲什麼幫自己，但是他想不出張凱的幫助會對他有什麼不利，所以也就欣然接受。

「其實要考試通過也不難，首先就是你要有實力！」張凱緩緩地說。

「這個不用擔心！」李傑自信道。

「下一個就是公平，公平都是建立在監督機制下的！我們只需要找人來監督考試。」

「那就要靠您了，我先謝謝您了！」

「其實這也是你給我的提醒，上次媒體的報導讓全國的高校與醫療教育機構把注意力都集中在你們學校，也讓領導階層注意到這件事，所以你才能順利地通過提前畢業！」

李傑知道張凱幫助自己的原因是因爲領導階層注意到了他，不過他必須抓住這次機會。張凱可以利用李傑提前修學分這件事，進一步地推進醫療教育和醫療制度的改革，李傑就是他改革的先鋒小卒。

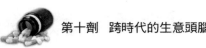

張凱又和李傑商量了一下，最後確定了計畫的細節。

李傑在準備了一段時間以後終於迎來了考試，他的筆試考試還算順利，題目果然如他所想的一樣變態，但是還能應付得來。考試的時候來了很多媒體，對考試有一些影響，考試後他直接跑了，因爲看到那些瘋狂的媒體有點害怕。

可是到了實驗考試卻沒有那麼容易，在筆試後的第二天，幾家早報紛紛對李傑的考試做了長篇累牘的報導。這次，連李傑的照片都登出來了。本來張凱告訴他，筆試時他會以領導視察的名義來監督學校，沒有想到事情變化得這麼快，竟然報社都來了。

李傑有些鬱悶，他想找同學一起慶祝一下，現在看來不得不改變一下計畫。有記者盯著他，如果他喝得爛醉，肯定會有閒話出現。

新聞記者趙致這一段時間可是忙得夠嗆，不停地往返於中華醫科高等職業專業研修院和報社之間，不是採訪就是特約稿，今天還有個新聞發佈會。

趙致背起傢伙，和攝影記者直奔會場，看著會場門口無數同行的車，他就越發地緊張，害怕搶不到有價值的新聞，於是加快速度三步並作兩步地跑進了會場，等攝影記者架好了機器，就等著會議主角出現。

當他知道李傑就是上次自己在學校碰到的傻瓜學生的時候，驚訝得嘴裏可以塞個足球，看到李傑對他邪惡地笑，趙致覺得這個傢伙在某些方面的確是一個天才。

因爲上次筆試考試記者太多，在隨後幾天的實驗考試裏，學校做了嚴格的規定，那些記者當然不會同意學校的做法，要不是有保安攔著，可能要衝到考場裏。

因為不能進考場，在李傑考試的過程中，還有不少記者在不停地忙，採訪這個教授，又接著採訪那個專家，而此刻最得意的要數張凱，他作為這次醫療改革實驗的直接負責領導出現在這裏，讓記者們聯想到很多。現在他又不拒絕回答問題，讓記者們如吃了興奮劑。

張凱非常隱晦地告訴記者，考試結束後還有一場關於醫改和醫學教育改革的新聞發佈會，這一句話讓若干記者如打了一針嗎啡，一個個直奔公共電話聯繫總部請求支援。

實驗考試老師看著眼前正在做實驗的小夥子，心裏有點納悶，原來這就是李傑啊，這個學生以前總是來實驗室借實驗器材，看他靈活的操作簡直就不像是一個大一的學生，這回試驗的難度也很大，可是這個小夥子好像更加熟練，看他手下神乎其技的手法就知道了。更加厲害的是，他好像完全將周圍考核的老師忽略了。

「停。」馬雲天看到李傑快完成的時候叫停，「李傑，你解釋一下在手術過程中一些關鍵步驟。」

李傑考慮了幾秒，手下並沒有完全停下來，他一邊回答著馬雲天的問題，一邊做著試驗。他將試驗中幾個需要特別注意的方面都一一進行了說明，還融合了一些自己的看法。

聽完李傑的回答，馬雲天和幾個教授交換了一下目光，然後點了點頭。他也不是有意刁難李傑，怎麼會不希望自己的子弟出彩呢？作為醫學院的院長，必須對學生嚴格要求，不能讓人說徇私護短。

幾個監考的教授都對李傑的手法讚不絕口，李傑則是一副寵辱不驚的表情，可是心裏卻高興得很，誰不喜歡別人的誇獎呢？

李傑完成考試以後，出門就碰到了江振南，他拍著李傑的肩膀說：「小子，表現得不錯，這次你筆試成績也出來了，基本都是優秀，尤其是實驗成績讓那些老傢伙讚不絕口啊！」

「還是您教導得好，您什麼時候回來的啊！上次我去看您，他們說您出國講座去了！」

「哈哈，我這不剛剛回來麼！你這次考試完全說明你已經掌握了所有的知識以及技能操作，接下來要做的應該是臨床的實習了，要有準備！」江振南說完就帶著幾個教授離開了。

李傑感覺空空的，考試完成了，似乎所有的重擔都卸下了，大學生活，再見了！

考完試後，李傑以為可以去找石清老師聊聊天了，可是他發現自己的願望不能實現。

在以後接下來的幾天裏，李傑發現成為公眾人物的確辛苦，走在校園的任何一個角落裏都會被人認出，就連食堂的師傅見了都要和他聊兩句。

在各家主流報紙的社會專版上，對李傑的報導鋪天蓋地，連篇累牘。記者用窮極無聊的辭藻，說李傑是什麼國內第一人，不過也有個別媒體比較冷靜，在大幅報導李傑的同時不忘潑點冷水，「改革先驅還是改革先烈」這類標題屢見報端，看得李傑是一陣陣脊樑發冷。

這都怪張凱，是他動用了一些力量讓媒體對這個事件大肆宣揚，將李傑說成是一個敢於挑戰權威的大一學生，一個國內不多見的人才，一個將舊有制度打破的人。那些讚美之詞讓李傑覺得，以前怎麼就沒有發現自己是這樣的一個人呢？

在媒體近似瘋狂地報導後，又將關注的焦點轉向了醫療改革和醫學制度的改革，李傑也成功地擺脫了媒體每日的例行問候。而張凱這幾天越發忙了，白天接受採訪，晚上還要整理醫療改革和醫學制度改革的調研報告。不過這一切都在他的掌握之中，所有的媒體也都在他的引導下轉變。

李傑也不時熱心地友情客串一下張凱的臨時助理和首席參謀，提了許多建議。

時間在不知不覺間流逝，張凱的關於醫療改革和醫學制度改革的前期調研計畫，在媒體瘋狂的宣傳下引起了不小的震動。

有關部門承認，醫療改革和醫學制度的改革也在緊鑼密鼓地進行著，目前在最後的策劃和籌備之中。

陸浩昌的新藥已經獲得了國家的正式批文，打算開始臨床試驗計畫。李傑的博士課程也正是追隨陸浩昌的計畫進行，製藥方面他還有一個博士論文，具體的研究方向就是陸浩昌目前的免疫方面的實驗。

臨床方面，馬雲天也答應下來了，李傑考試中已經證明了實力，學校已經給他制定了學習計畫，他在下半年可以直接進入臨床方面的實習，時間大約一到兩年。當然，學校規定在這段時間內完成幾種手術，只要達到要求就可以了。

在王永的建議下，李傑將實習地點選在第一附院，距離學校很近，可以和熟悉的人多聊聊，在這幾個月的時間裏，他也見過幾次大學同學，每次都聊不了多長時間就匆匆地離開了。張強、王猛還和以前一樣，見了李傑總忍不住調侃幾句，幾乎沒有見過于若然。石清從上次點燃了李傑內心的火焰後，似乎有意與他拉開距離。而李傑呢，因爲最近很多人關注他，也不敢與石清走得太近，所以兩個人已經許久沒有聯繫。

算算時間，也快要放暑假了，李傑不禁感歎，轉眼一年都快要過去了，他打算回一趟家，已經將近一年沒有回過家了，不知道父母身體怎樣，雖然通過不少電話，但是李傑知道，全天下的父母都是一樣的，對於在外的孩子牽掛著，總是報喜不報憂，也不知道弟弟的學業怎麼樣了，還有早早就嫁人的姐姐，不知姐夫對她好不好。如果不好，李傑肯定饒不了他！

李傑覺得現在沒有什麼事情了，可以利用這個時間去弄點錢。父母負擔太重了，作為農民，面朝黃土背朝天地幹一輩子也不富裕。李傑還在上大學，雖然第一個學期沒用家裏多少錢，但新學期馬上就開始了，這筆錢還要家裏支出。

李傑突然想起了劉倩，已經很久沒有看到她了。劉倩一直沒有放鬆，一邊打工一邊自學，打算參加成人自考。劉倩告訴李傑，她來到這個城市後，覺得以前的想法太過於幼稚，現在才明白「外面的世界很精彩」，但也很無奈。

劉倩換工作了，現在做推銷員。

李傑覺得自己應該去看看她，說起來慚愧，上次見面太忙，都沒有問清楚她是推銷什麼的。當看著劉倩那辛苦的樣子，感到她是多麼不容易。

劉倩對於李傑的到來很高興。

「你不用這麼客氣，快點坐下吧！」李傑看著劉倩忙著招呼自己，有點兒不好意思，可是劉倩卻一點停的意思也沒有。

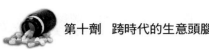

「李傑，你可真厲害，還上了報紙呢！我跟我的朋友說，報紙上的天才就是我最好的朋友！」劉倩那自豪的表情好像自己上了報紙。

「你可別說了，報紙上誇大了，對了，你現在工作怎麼樣啊！」李傑趕緊轉移話題，他有點兒不好意思。

「工作不容易，我現在做推銷電腦的工作，這幾天忙得昏天暗地，但是成績卻一直都不好！」

提到電腦兩個字，李傑彷彿看到了錢就在眼前。要說二十多年來進步最大的行業是什麼？那肯定是電子產業，李傑雖然不是什麼電腦精英，但也不是電腦小白，起碼組裝個電腦還是有把握的，而且在大學的時候他還學過一段時間編程，當時電腦熱，李傑又是一個愛夢想的人，與那個時代的很多人一樣，夢想自己成爲中國的比爾・蓋茲，現在想想真是幼稚可笑。

李傑在陸浩昌的製藥實驗室裏就想過用電腦，這是他重生前作爲李文育養成的習慣。現在做實驗的時候需要記錄，很多原始資料需要查找。沒有電腦，只能在牆上貼一堆紙條，很是麻煩。有的時候一天忙得不知東南西北，看紙條都看得抓狂。

機會就在眼前，怎麼能不把握？李傑拉著劉倩，直接奔向她工作的地方蛤蟆屯。

「你好，是來買電腦的吧？我們這裏的東西是最齊全的，你想要的話，還可以給你優惠。」劉倩的老闆看見李傑，便熱情地招呼道。他以爲是劉倩帶來的冤大頭。因爲被劉倩這種水準的業務員招來的，肯定是一點兒也不懂電腦的人。

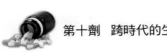

「不是，我只是過來看看。」李傑算是說了一句大實話。

「劉倩，那你招呼他吧！我還有點事情。」聽李傑這麼一說，這位還沒有到中年便已經發福的老闆把招呼李傑的工作丟給劉倩，挪動著肥碩的屁股到了裏間。

「我靠！什麼人啊？」李傑罵了一句，心裏想：看老子不是來買電腦的，就不管老子了啊？

「李傑……」劉倩似乎也有點難堪。

「劉倩，要不，你領著我在市場裏轉一下。」李傑覺得自己沒必要在店裏待下去了。

李傑在蛤蟆屯裏轉悠了一天，對這個有點兒規模的電腦市場有了一個初步的認識。原來以爲在這個年代，電腦市場還處於新生事物，當他轉了一圈後才發現，電腦市場的發展是迅速的，整個蛤蟆屯已經擁有很大的規模，不過畢竟剛剛起步，商家還很少，品種也不是很多。因爲缺乏競爭，造就了電腦銷售行業的巨大利潤。像劉倩這樣的推銷員，僅僅賣出一台就可以從老闆那裏拿到近一千元的傭金。李傑推算了一下，店面的老闆大概可以從一台電腦中賺到兩千多元，甚至三千元。李傑覺得自己挺可憐的，以前作爲李文育的時候，一個手術也就一千多塊錢，一個月累死累活能做幾個手術？

而且還是有八年的學習才能得來的待遇。電腦一個月怎麼也能賣個三五十台吧！還不用什麼技術，真是讓人惱火啊！

在這個時代電腦是新鮮事物，是真正的奢侈品，高額的進貨價格再加上商家的巨額利潤，一台電腦售價二萬元左右都是正常的。

「靠！這也太沒天理了吧！」李傑看著手中的報價單，發出了一聲感歎，報價單上的最便宜一萬五千多元，他的心裏難以接受。李傑也想買些零件來自己拼整機，可整個屯子裏沒有一家願意賣零件。

這個時代懂電腦的不多，很多人把電腦神聖化了，以爲裝機是很難的事情，因此商家就利用消費者電腦知識的匱乏來牟取高額的利潤，同時又組成了銷售聯盟，誰都不肯降價，價格權掌握在他們手中。

「劉倩，你能不能幫我打聽一下，這些傢伙的貨源都是哪裏進的？」李傑在逛了整個蛤蟆屯後，決定跳過這些吸血的中間商。

「這些都是老闆的秘密，似乎不好打聽！」劉倩爲難地說道。

「小笨蛋，你不會偷偷地去看他的進貨記錄？把他們進貨機構的電話給我就行！」

劉倩不知道李傑要幹什麼，但是李傑要求她的事情，又怎麼會拒絕？

李傑此刻已經有了自己的計畫，電腦銷售也許不能讓他成爲富翁，但是賺點零花錢還是不成問題的。

在這個年代，電腦還是奢侈品，基本沒有家庭用電腦，並不是因爲有錢人少，而是軟體太少，可以用到的地方比較少。

現在用電腦的多是事業單位，科研機構等等。如果李傑想賣電腦，首先，他必須讓自己的電腦有特色，說起來應該是李傑的運氣。在作爲李文育的時候，他並不是喜歡學醫學的，那個時代的很多人都有一個夢想，就是成爲下一個蓋茨。現在想起來很荒謬，但是很多喜歡電腦的人都以蓋茨爲偶像，都在幻想著一夜暴富。

那時的李文育雖然被醫學院錄取了，但是對電腦的興趣沒有減少，沒事幫同學裝個電腦，自己弄個個人網站，閒暇時他還報了電腦學習班，最後他發現，電腦行業成了獨木橋，太多人在走，他根本衝上不去，所以就安心念書學醫了。

不過，他那個時候學過一些電腦語言，對電腦的語言有一定的瞭解，雖然不能自己設計軟體，但是編寫的軟體源代碼還是能看懂的，也可以修改。他曾在實驗室給老師打下手，有很多資料要處理。他當時用的實驗資料管理軟體很不順手，正好趕上軟體的作者把軟體源代碼免費發放了，李傑就在這個基礎上做了修改，改成了自己喜歡的樣子。

現在他還能記得其中的一大部分，主要是記得設計思路與技巧，所以可以把這個軟體弄出來。

李傑覺得，如果將電腦捆綁了軟體來銷售，實驗室的教授們肯定會喜歡。

馬雲天還是一副清潔工的樣子，老舊的暗色調衣服。作爲院長，他每天的事情並不是很多，雖然學校裏有很多瑣碎的事情，但都由副院長處理。他每天要做的事情基本就是看報紙、喝茶、參加各種會議。他一直覺得自己不適合做院長，更適合研究室裏研究基礎醫學。他雖然在看著報紙，心思卻已經不在報紙上了，回想起當年在實驗室工作的時光，他與陸浩昌在研究方面的競爭，最後是他帶領的實驗室率先取得突破，借此機會，臨床系徹底壓住製藥工程系，成爲學校的第一重點系，而馬雲天則成爲了醫學院的院長。

馬雲天放下報紙，喝了一口茶，似乎又回到那段激情的時光。

李傑正在馬雲天高興的時候敲門進來，如果他知道馬雲天正試圖在記憶中點燃那段激情歲月，他也許不會敲門，因爲意淫的時候被人打擾是很難受的一件事情。

「馬院長您好！」

「是李傑啊！來坐下，最近學習怎麼樣啊？」

李傑沒有想到馬雲天是如此熱情，一時間不知所措。他不知道馬雲天剛剛意淫的時候，覺得李傑很像自己年輕時。

李傑受寵若驚地與馬雲天閒聊著，馬院長的熱情讓他有點窒息。

聊天的過程中，李傑故意將話題向實驗研究方面轉，就轉到了他這次來想談的話題上。

「你說用電腦來處理實驗資料麼？」

「是啊！我們在臨床醫學研究和基礎醫學研究中，會產生大量的實驗資料，資料往往是離散的，並且含有隨機誤差，不使用數學方法不易得到規律性的結果，也不可能實現定量描述……」

馬雲天不用聽李傑解釋也知道研究的實驗資料。臨床實驗研究目的探求這些資料的內在規律，但這些資料處理起來卻很是麻煩。

如果李傑說的可用連續的曲線去表達離散資料，並且進一步分析所得連續曲線的性質，可以直接調用各種函數，擬合各種類型的曲線，直接調用數值積分，微分方程和數學模型都可以實現，那麼實驗室的研究工作會省力很多。

李傑以爲馬雲天跟自己一樣討厭數學，所以重點向他介紹電腦可以解決很多數學難題。

這個軟體還有很多功能，他都沒說出來，但是李傑知道，馬雲天已經有點動心。

「你能拿來讓我看看麼？」馬雲天雖然動心，但不動聲色，一般人無法琢磨他到底在想什麼。但李傑卻知道，趕緊趁熱打鐵道：「我聽說外國人早開始用電腦來處理實驗資料了，我們學校的目標是世界頂尖的醫學院，在任何方面都不能落後！」

「你先拿來看看，我們必須對你說的軟體驗證一下。」

劉倩一直在等待李傑，雖然她不知道李傑到底有什麼計畫，但是她信任李傑，李傑說有辦法賺錢，那肯定沒有錯。

在經過了漫長的等待後，劉倩終於盼來了李傑。

「劉倩，現在帶我去你的老闆那裏，就說我是你介紹來買電腦的大客戶，其他的事情交給我。」

「你真的要買啊？但是，但是……」

「別擔心了，我又不是大騙子！」李傑笑道。他的確不是大騙子，不過是小騙子想騙個電腦用來編程式。

劉倩半信半疑地帶著李傑去了蛤蟆屯，一路上她問了很多次，但是每次都問不到什麼。

「老闆，這位是中華醫科研修院的採購員，以前他來過的，今天是來看電腦的！」劉倩對著肥碩的老闆說道。

「您好，您好！請坐，請坐！來喝杯茶！」肥碩的老闆今天特別熱情，那張臉笑得燦爛如花。一朵虛假的花，一朵有點變態的花，一朵讓人噁心的花。

「我們學校打算買一批電腦用來教學，劉倩是我的好朋友，我就來您這裏了！您能給我介紹一下麼？」

老闆高興地扭著肥碩的屁股介紹著產品，作爲奸商，他知道如果這筆生意做成了，可以賺一大筆錢。

機構採購電腦通常都是大量購買，而採購人吃回扣，他可以將產品賣個好價錢。

「這個多少錢？」李傑指著其中的一個電腦問道。

「二萬四千元，這個可是美國新出的貨啊！最新的產品，速度快，品質好，保修三年！您要不試試？還有……」老闆從來不怕浪費自己的口水。

「這個最貴吧！那肯定是最好的！」李傑肯定地說道。

老闆一愣，表示贊同。他很滿意李傑的理論，價格最貴東西最好。

「老闆，我想弄個樣機回去給領導們討論一下，您知道領導們都比較忙，他們來這裏恐怕不是很方便……」李傑含糊說道。

老闆一聽就明白了，他以爲李傑是想回去報個虛假的賬目，於是說道：「沒有關係，我可以帶個機器給您。」

「我想劉倩陪我去就行了！」李傑含情脈脈地望著劉倩。

肥碩的老闆早已經成了人精，心中暗道，這個小夥子跟我一個品味，竟然喜歡劉倩這樣的。他當初招收劉倩當員工，主要是因爲喜歡這樣的女孩，不過他不敢下手，因爲家中的母老虎太厲害。沒有想到劉倩竟然能拉來生意，也許以後應該多多招收一些漂亮的推銷員。沒錯，以後要制定一個美女推銷員計畫！想到這裏，胖老闆已經下定決心。

「可以。劉倩啊，你就跟他一起去吧！」老闆很放心劉倩，因爲劉倩的身分證壓在這裏，他不怕他們帶著電腦跑。

劉倩因爲剛才李傑那含情脈脈的一眼，一路上都沒有說話。雖然他倆是從小玩到大的，雙方的父母早給兩人定下了娃娃親，但是李傑從來沒有對自己表示過什麼，從來沒有像今天這樣看過自己。

李傑當然不知道劉倩的小女兒心思，他現在一心都在電腦上，此刻他的計畫已經完成了第一步，那就是套一台電腦。

兩個人去了劉倩的住處，劉倩住的地方很小，環境很差。李傑來過一次，僅僅待了一小會兒，這次他也許要待好一陣子。

李傑熟練地將電腦安裝好，開機運行……

「真是破電腦！」看著機器的配置，李傑不禁罵道。雖然他知道這個配置應該是這個時代最好的了，不過對於習慣了四核時代的李傑來說，現在的電腦簡直就比小霸王學習機好一點！

「這個可是蛤蟆屯比較好的電腦了，怎麼能說破呢？」劉倩問道，她當然不知道李傑這樣說的原因。

「我是說這個價格買這樣的破電腦不合算！我就用這個電腦一天，明天早上就給他還回去！」

「你到底怎麼打算的呢？我真不明白你！」

「沒有什麼打算，就是賣電腦啊！不過不是從你老闆那裏進貨，我打算從別的地方進貨！」

「啊！我以爲你要從我這裏買！」劉倩顯得有點失望。

「我們是合夥人，在別的地方買賺錢更多，你就不要擔心你的提成了！等有了錢也換個好地方住，這裏太陰冷了，潮氣也太重了！」

「能在這裏立足我就很滿意了！我並不奢求什麼！」

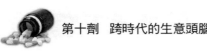

這個時代的電腦軟體與後世都不一樣的，開發平台也不通，還好李傑用的是C語言，所以困難不大。他早在弄電腦之前就已經回憶了一下程式，寫在了紙張上，現在就是輸入到電腦中去，然後調試，這個分析系統並不大，加上李傑並沒有把程式完整地做出來，所以一天的時間也就夠用了。

劉倩在一旁看著李傑擺弄電腦，藍色的螢幕上全是外國文字，她看了一會兒覺得頭暈，實在不知道李傑在做什麼。她雖然在電腦城工作了一段時間了，但對於電腦還不是很瞭解，她的程度僅僅限於唬那些不懂的人。

看看快到中午了，李傑幹得正起勁，劉倩出去買了一些東西，做了午飯。

飯還沒有做好，李傑卻已經聞到了香味，才發現自己餓了，決定先停下工作填飽肚子。

「劉倩，你果然好手藝啊！香飄四溢，我口水都要出來了！」李傑贊道。

「別說笑了，哪裏有你說得那麼好，你快去洗手吧，馬上吃飯了！」劉倩雖然謙虛，但是李傑的誇獎令她感覺很高興。

「哇！果然好吃，誰要娶到你肯定幸福死了！」李傑洗過手後，直接用手拿了一塊菜，也不怕燙塞到嘴裏。當他還是李文育的時候，每次做飯都喜歡用手抓著嘗嘗。

劉倩對淘氣的李傑毫無辦法，李傑在印象中從來沒有像今天這樣淘氣過。當聽到「誰要娶到你肯定幸福死了」的時候，她感覺到自己的臉在發燙。

李傑不覺得自己說的話有什麼錯，看著劉倩那害羞的表情，又覺得自己還是少說話爲好，於是悶頭吃飯，吃過飯又開始寫程式。

程式的編寫比想像中困難很多，雖然大致的思路都記住了，但畢竟是很久以前的事情了，很多細節都記不清楚了，還有很多需要調用的公式，都需要編成函數來調用，這讓李傑做了很久。等差不多的時候，程式調試又出了問題。

李傑焦頭爛額，還好，他有很好的耐心和韌性，這都要感謝小時候的訓練。在他還是李文育的時候，性格浮躁，好動又沒有耐性，爲了能改變這種性格，父母讓他下棋。幾年下來，李傑的棋藝長進許多，性子也改變了很多，再加上以後漸漸成熟，便有了今日堅韌的性格。

劉倩看著專心致志的李傑，覺得這個熟悉的人此刻如此陌生，她甚至感覺這不是李傑。她覺得自己的想法很可笑，李傑在印象中是一個憨厚老實的人，和自己在一起時，從來都是他臉紅。

很多女人覺得男人在用心工作的時候最帥，劉倩也是這樣的人，但是對於眼前的李傑，劉倩卻不知道如何來形容此刻的感覺。她雙手托著下巴，在胡思亂想了一陣後沉沉睡去。

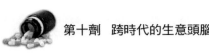

第二天早上，劉倩發現自己竟然穿著衣服睡覺，接著又聽到李傑敲打鍵盤與電腦風扇的聲音，才突然想到，自己不是睡在桌子上麼？現在竟然躺在床上，還蓋著被子。一定是李傑把自己抱上床的！想到李傑抱著自己，封建思想開始作怪，劉倩躺在床上繼續裝睡，不知道如何面對李傑。

「啊，啊！」李傑伸了個長長的懶腰，甚至聽到了自己的關節咔咔作響，對著電腦敲打了一夜，他差點就精神崩潰了，現在軟體終於能夠運行了，可以對實驗資料做出正確的處理判斷。

也許功能並不完整，但已經足夠了，一會兒拿到學校去，馬雲天院長那關應該能夠輕鬆地通過！想到這裏，李傑覺得渾身充滿了幹勁，他覺得應該馬上行動，但是一轉身卻看到了熟睡中的劉倩。

看著劉倩睡覺跟死豬一樣，李傑想起昨天晚上的事情：她趴在桌子上睡覺了，結果氣不順，壓迫氣道打呼嚕。李傑本來修改程式就惱火，聽到呼嚕聲實在無法專心工作，於是就把她抱到床上睡覺去了。睡了一夜竟然還不醒！李傑看到角落的雞毛撣子，他拿起一根雞毛……

有一種遊戲叫做愛情，那不是可以隨便玩的！更不是單方面玩的！不管你是主動還是被動！

李傑有點後悔，爲什麼要逗劉倩呢？爲什麼一定要看到那個雞毛撣子呢？爲什麼她已經醒了卻不起來呢？

李傑玩不轉了，所以他不玩了，也沒有時間玩了。他覺得應該先去找陸浩昌，因爲比較熟悉，說話容易一些，劉倩被李傑派去做另一項任務。

陸浩昌的實驗已經到了臨床階段，沒有那麼多資料需要記錄了，所以李傑沒有打算讓陸浩昌買，只是把自己的想法仔細地說明了一下，然後又把軟體演示了一次。

沒有想到的是，陸浩昌竟然說，他需要一台電腦，這讓李傑覺得費力把這麼重的東西拿來沒有白費。

陸浩昌所以要這台電腦，是因爲他以前在國外做訪問學者的時候，在幾個實驗室裏看見過電腦的作用，那時候他就覺得有必要給實驗室裏添一台電腦，因爲實驗資料的記錄、歸類、整理、分析，要花費大量的時間，有了電腦可以將時間大大縮短。雖然現在已經進入了臨床階段，資料不是很多，但是對於他來說，這點錢不算什麼，電腦他還需要學習一下，在以後的試驗中總是要用到的，於是毫不猶豫地購了一台。

陸浩昌本想直接將這台電腦留下來，但李傑拒絕了，因為他還需要這台電腦去做更多的事情。

在馬雲天的辦公室裏，李傑將機器連線後，運行了他奮戰了十幾個小時調試出來的軟體，將其功能一一演示出來，講解其中的方便之處。

馬雲天不是陸浩昌，從他當了院長以後就被各種大大小小的事情絆住，沒有去國外交流學習的機會，所以對電腦在臨床實驗上的應用不是很瞭解，且他是個古板的人，除了醫學方面，其他的事物他不是那麼關心，所以對電腦不是很瞭解。當看到李傑的演示時，卻動心了，演示到了一半的時候，馬雲天就已經決定訂購一批，他知道這對於研究的幫助是很大的。

馬雲天心裏已經開始盤算著學校經費剩餘不多，那麼多實驗室要怎麼分配呢？

「馬院長，陸浩昌教授就是用這個程式，所以新藥的實驗資料又快又準！你不信可以問問他，他對電腦也是讚不絕口！」李傑覺得馬雲天要上鉤了，於是決定再加一把勁。

「嗯，沒想到你竟然也做起生意來了！」馬雲天笑道。他現在明白了，李傑是推銷員，原來自己一直都被他牽著走。

「我這是爲實驗室做貢獻，電腦二萬多元的價格，您如果要訂購，我可以幫忙把價格壓下去。您知道麼？這個資料分析軟體可是世界獨一份的，其他人可沒有！」李傑不是亂說，這個軟體當然是他獨創的，但類似的軟體還是有的，不過基本都在國外。

「行了，我先訂購三十台，你給我報一下價格！」

「這個我要去商量一下，您放心，價格保證滿意！」

「你小子，真是什麼都能做，做推銷員也這麼像！」馬雲天笑道。

「您過獎了，馬院長，我先走了，再見！」

李傑直接去找劉倩，此刻劉倩也完成了任務，她從老闆那裏弄來了進貨管道的電話號碼和報價單，李傑發現這些奸商的確黑得可以。

撥通了經銷商的電話，嘟嘟幾聲以後傳來了一個低沉的男聲，這讓李傑有些小小的失望，他以爲接線員會是漂亮妹妹。

「您好，請問是XX代理麼？」

「您是？」

「這應該是我們第一次合作！」

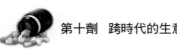

「哦，我們這裏不散賣的！你還是問別人買吧！」

「您先別掛電話，我不是要買一個，我是要進貨。」接著，李傑又把需要的電腦配件的型號報上去，但對方給的答案卻不能讓他滿意。

「你的價格太高了。」

「你的進貨量太小了，如果進貨量大的話，我還可以讓一點價，可是，你定的貨確實少，如果再給你讓價，我也不好賺錢了。」

「那這樣吧！如果我第二次來拿貨，你必須給我不同的價格。」李傑試圖勸說張經理，聽到對方似乎有點鬆動的跡象，李傑繼續說道：「如果不行，那就算了，你的價格太高了，我可承受不起。我去問問別人吧！」

「要麼這樣，我們見個面吧！仔細談一下如何！」

李傑接下來的談判很順利，他們約定以一定的價格先拿一批零件，如果再次進貨，則將價格壓低一大部分，第一批貨當然包括在內。接下來李傑又在其他代理商那裏拿到了需要的其他零件。

李傑本來是個醫生，對於商人的手段不熟悉，所以談判中不免吃點虧，能夠這樣已經很好了，跳過了中間商，價格起碼要便宜幾千元。

接下來事情很順利，李傑將借來的電腦還了回去，當然是不帶實驗資料軟體的電腦，他將電腦程式拷貝到了軟碟上，看著落後的軟碟，還真有點懷念那個時代的隨身碟。

作爲商人目光要長遠，不能僅僅局限於一個小小的市場，李傑這個不太純粹的商人雖然目光一般，但是他也明白不能僅僅賣給學校。

李傑人脈不廣，現在他還能想到的就是王永，只是，對待王永不能與對待馬雲天用同一個方法。

馬雲天是古董級別的老領導，王永卻是一個社會上的新青年，醫院是個小社會，鉤心鬥角是非多。在這個染缸裏一混，無論多麼純潔，也讓你變成花的。

李傑這次不是一個人，劉倩也同行。

李傑進了王永的辦公室就後悔了，他發現石清竟然也在，而王永的那張賤嘴巴卻在此時發威。

「李傑，這次又換了個女孩啊！張家小妹妹呢？」

「你可別亂開玩笑，這是我的老鄉！哎，石清老師，您也在這裏啊！」李傑只能恨自己交友不慎，沒有辦法，此刻只能轉移話題。

「我在這裏怎麼了，難道就允許你來麼？好了，我走了！」石清彷彿吃了火藥一般，說完竟真的走了。

李傑攔也不是，不攔也不是。他只能自認倒楣，想想自己也沒惹她啊！看來問題出在劉倩身上，難道石清吃醋了？現在管不了那麼多，賺錢是要緊的。

「哎，王主任，我這次找您，是托您點事！」

「放心，我會幫你保密的！你也太不小心了，每次都這樣！」王永搖頭道，他又想歪了。

「我說的不是這個，我這裏有點東西要賣給您，我們學校已經決定採購了。」

「我要先看看，需要的話才能買！」

「您放心，我來給您介紹！」李傑介紹了一下，並說明了功能上與價格上的優勢。

「這需要院長來決定，我只能提出建議！」王永說道。

「主任，所謂肥水不流外人田，這個行業我雖然剛剛入門，但是所有的知識我都懂！」

李傑覺得自己此刻就是一個奸商。

「好吧，你準備好樣品，我會聯繫你的！」

「謝謝王主任！」

接下來的事情挺順利的，李傑也按照規則送上一部分應該回饋的。搞定了以後，事情好辦多了，訂單貨源都搞定了，當個中間人還是很輕鬆的。

在這個時代，電腦有一個特點就是耐用，也許是因爲價格太高、保養好的原因，基本上很少出問題，省去了很多麻煩。李傑將電腦組裝好，然後安裝上軟體，直接發貨到學校。

最後的事情就是計算利潤，數錢！

請續看《醫拯天下》第二輯之二 生死一線

醫拯天下II 之一 天才之秘

作者：趙奪
發行人：陳曉林
出版所：風雲時代出版股份有限公司
地址：105台北市民生東路五段178號7樓之3
風雲書網：http://www.eastbooks.com.tw
官方部落格：http://eastbooks.pixnet.net/blog
Facebook：http://www.facebook.com/h7560949
信箱：h7560949@ms15.hinet.net
郵撥帳號：12043291
服務專線：(02)27560949
傳真專線：(02)27653799
執行主編：劉宇青
美術編輯：吳宗潔

法律顧問：永然法律事務所 李永然律師
北辰著作權事務所 蕭雄淋律師

版權授權：蔡雷平
初版日期：2015年3月
初版二刷：2015年3月20日
ISBN：978-986-352-133-4

總經銷：成信文化事業股份有限公司
地　址：新北市新店區中正路四維巷二弄2號4樓
電　話：(02)2219-2080

行政院新聞局局版台業字第3595號 營利事業統一編號22759935

定價：280元　特惠價：199元

國家圖書館出版品預行編目資料

醫拯天下.第二輯/ 趙奪著. -- 初版. -- 台北市：風雲時代，
2015.01- ；　公分

ISBN 978-986-352-133-4 (第1冊：平裝). --

857.7　　103026479

繼《淘寶筆記》後，又一迅速致富的現代傳奇！
首部揭秘金融運作內幕的商戰小說
網路點閱率千萬破表，年度最受歡迎作家月關力作
獵財筆記
月關 著
投資是風險小的投機，
投機是風險大的投資。
投資不是投機，那是騙人的話！
看似人人衣冠楚楚，堂而皇之的商業活動
幕後陰謀詭詐，潛規則無數
笑臉背後，隱藏著你不知道的秘辛……
之1 冒險一搏
之2 金錢槓桿
搶錢上市